KB105855

교회 누나

Evergreen Happiness

교회 누나

발행일 2018년 7월 20일

지은이 김 경 진
펴낸이 손 형 국
펴낸곳 (주)북랩
편집인 선일영 편집 권혁신, 오경진, 최승헌, 최예은, 김경무
디자인 이현수, 김민하, 한수희, 김윤주, 허지혜 제작 박기성, 황동현, 구성우, 정성배
마케팅 김회란, 박진관, 조하라
출판등록 2004. 12. 1(제2012-000051호)
주소 서울시 금천구 가산디지털 1로 168, 우림라이온스밸리 B동 B113, 114호
홈페이지 www.book.co.kr
전화번호 (02)2026-5777 팩스 (02)2026-5747

ISBN 979-11-6299-245-6 03810 (종이책) 979-11-6299-246-3 05810 (전자책)

이 도서의 국립중앙도서관 출판예정도서목록(CIP)은 서지정보유통지원시스템 홈페이지(http://seoji.nl.go.kr)와 국가자료공동목록시스템(http://www.nl.go.kr/kolisnet)에서 이용하실 수 있습니다.
(CIP제어번호 : CIP2018022142)

김경진 장편소설

교회 누나

Evergreen Happiness

마음에 두고 있던 교회 누나가
어느 날 흔적도 없이 사라졌다.
항상 밝고 당찬 그녀였기에 실종이 남긴 공백은 컸다.
우리는 왜 소중한 사람을 잃고서야
그의 결핍과 상처에 눈을 뜨는 걸까.

c o n t e n t s

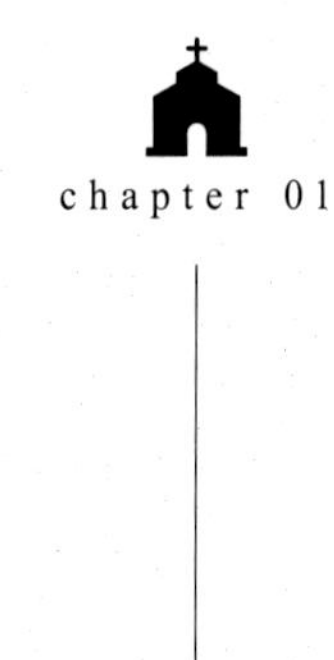

chapter 01

희경 누나

초겨울의 날씨를 말해주는 듯 예사롭지 않은 바람이 얼굴을 스치고 지나가는 어느 밤, 나는 지하철 홍대입구역에서 오랜만에 보는 오래 알고 지낸 후배를 기다리고 있다.

대학시절 우연히 들었던 한 교양 강의에서 알게 되어 때때로 술자리를 가지며 이어온 선후배 간의 우정이 졸업을 하고도 지금까지 지속될 것이라고는 전혀 생각하지 못했다. 아마 그녀도 마찬가지였으리라.

참으로 재미있는 건, 그녀와 나 사이에는 정말로 그 어떤 남녀 간의 특별한 감정이 피어났던 적이 한 번도 없었다는 것이다. 오히려 서로 잘 통하는 동성 친구 사이와 같은 그런 우정을 충실히 이어가고 있을 뿐이었다. 남녀 간

의 우정이라는 것도 분명히 존재하나 보다. 나의 얘기를 들은 친구들은

"못생긴 거 아냐?"

라고 툭 내뱉는다. 하지만 그녀와 나, 우리 둘 다 최소한 중간 이상의 외모는 가지고 있다고 생각한다. 물론 나만의 착각일 수도 있겠지만. 아무튼 나는 겨울이 시작되는 어느 날 밤, 그녀와 저녁을 함께 하기 위해 홍대입구역 1번 출구 앞에서 그녀를 기다리는 중이다.

"선배!"

어느새 그녀가 나를 보고 웃으며 손을 흔들고 있었다. 나는 그녀에게 다가가 오른손을 내밀며 반갑게 인사를 건넸다.

"서영아!"

서영과 나는 그야말로 오로지 우정만이 철철 넘쳐흐르는 그런 힘찬 악수를 주고받은 뒤, 저녁을 먹기 위해 자리를 옮겼다.

"선배. 오랜만이야. 요즘 잘 지내?"

"나는 별일 없이 잘 지냈지."

"새로 시작한 일은 잘되고?"

"어. 현재까지는 회원들이 늘어나는 추세라 이렇게만 되

면 조만간 재벌될 거 같아!"

"오! 회원들이 점점 늘어난다고? 나도 선배가 하는 헬스장에나 다닐까? 내년부터."

"그럼 좋지. 우리 헬스장 오면 내가 1년 회원권 반값에 해줄게. 선배 좋다는 게 뭐겠어?"

"오! 정말이야, 선배?!"

서영은 내게 다짐을 받아두려는 듯 힘이 가득 들어간 목소리로 말했다. 나는 슬쩍 웃어 보이며 담담한 목소리로 자연스레 그녀의 근황을 물었다.

"너는 요즘 어때?"

"글쎄, 미국 경제가 살아나면서 세계적으로 호황을 보이기는 한데… 그러다보니 저금리 시대는 막을 내리고 금리 인상으로 접어들었잖아? 그게 우리 경제에 앞으로 가져올 파장이 영 불안하긴 해."

경제학을 전공한 그녀는 지금 유명 자산운용사의 꽤 잘나가는 펀드매니저로 있었다. 그 일은 서영의 냉철한 이미지와도 잘 들어맞았다. 실은, 나도 전공이 경제학이다. 처음에는 나 역시 전공을 살려 은행에 들어가서 직장생활을 시작했으나, 월급 받는 삶이 체질에 맞지 않아 그만두고서 최근 강남역 맞은편에 헬스장을 하나 오픈해 운영하고 있는 중이었다.

난 고등학교 1학년 때까지 운동부를 했었고, 대학에 들어간 이후에도 헬스동아리 활동을 꾸준히 해온 바 있다. 운동을 워낙 좋아하다 보니 대학은 삼수를 해서야 겨우 들어갈 수 있었다. 그래도 서영과는 두 학번이나 차이가 난다. 즉, 나이를 계산하면 그녀와 난 네 살 차이가 나는 셈이다.

한참을 걷다 보니 맞은편에 일본식 선술집이 하나 보였다. 서영은 그 집이 마음에 들었는지 오늘 저녁은 여기가 어떠냐는 눈빛을 보내왔다.

일본식 선술집.

초겨울 밤에 즐기는 따뜻한 정종, 탐스러운 선어(鮮魚)회, 달짝지근한 꽁치구이, 바삭한 튀김요리, 여기에다 빠지면 섭섭한 오뎅탕까지. 이들이 만들어내는 하모니를 싫어할 사람이 있겠는가? 그녀의 뜻을 거역할 이유가 하나도 없었다.

훈훈하게 데워진 가게 안. 어느덧 우리가 주문한 요리들이 나오고 뜨거운 정종이 든 잔을 부딪힌 뒤 한잔 주욱 들이켰다. 얼어있던 속이 녹아들어 가는 듯했다.

"선배, 저게 뭐야?"

그녀는 손가락으로 내가 옆에 놓아둔, 유명 서점 로고가 인쇄되어 있는 페이퍼백을 가리켰다.

"아까 오는 길에 책 한 권 샀어. 이재철 목사님의 '새 신자'라는 책인데, 나 요새 교회 다시 다니잖아. 성경공부 반에서 새로 교재로 쓰기로 한 책이야."

서영은 호기심 가득한 표정으로

"잠깐 봐도 돼?"

라고 말하며 손을 뻗어 갈색표지의 그 책을 꺼내 이쪽저쪽 훑어보았다. 그러더니 다시 입을 열었다.

"사실 나도 한때 교회 다녀 보려고 몇 번 나가 본 적 있는데…."

서영의 이 한마디는 약간 의외의 말이었다. 소위 센 언니라 불릴법한 당찬 이미지의 후배였기에 그녀가 교회에 나가 다소곳이 앉아 기도를 한다든가 목사님의 설교를 조용히 경청한다든가 하는 모습이 잘 상상되지 않았기 때문이다.

"선배는 교회가 잘 맞아? 다니면 뭐, 재미있나?"

뜻밖의 질문에 나는 쉽사리 답을 하지 못했다.

그저 빤히 서영의 얼굴을 바라볼 뿐이었다.

서영이 내게 무심코 던진,

'교회를 다니면 뭐, 재미있나?'

이 물음은 한동안 까마득히 잊고 있었던 한 사람의 이름을 내게 떠오르게 만들었다. 그리고 난 서영이에게 단답형의 대답 대신 지금 내 기억에 떠오르는 어떤 여인의 이야기를 해주고 싶다는 생각이 들었다. 그 이야기를 하면서 나 스스로도 다시 한 번 그때의 기억을 되살려보고 싶기도 했다. 지금 이 순간, 이 이야기가 단답형의 대답보다 훨씬 필요한 답변임에 틀림없다!

"서영아."

나는 지그시 서영의 얼굴을 바라보았다. 그리고 천천히 입을 열었다.

"내가 고등학교 때 처음 교회를 나갔을 때였어. 그때 그곳에서 어떤 누나를 알게 되었지. 검은 뿔테 안경에 단발머리. 그리고 천방지축 쾌활한 성격의 어떤 누나를 말이야. 그녀의 이름은 양희경."

서영은 두 팔을 상에 포개어 놓고 몸을 약간 앞으로 기울이며 나의 이야기를 경청하기 시작했다.

아메리칸 슬랭 (American slang)

딩동, 딩동! 딩동, 딩동!

"누구세요?"

일요일 이른 아침, 누군가 요란스레 벨을 울리며 나의 단잠을 깨웠다. 먹어도 먹어도 배고프고, 자도 자도 잠이 부족한 고등학교 1학년 시절. 게다가 나는 학교 유도부였기에 휴일 날의 단잠은 무엇보다 소중한 시간이었다. 주중의 훈련으로 피곤이 한참 쌓여있는 내게 휴일의 단잠을 깨우는 것은 피도 눈물도 없이 자행되는 잔혹한 범죄와도 같았다. 그럼에도 불구하고 현관의 벨은 무심하게도 끊임없이 울려대고 있었다.

떨어지지 않는 무거운 눈꺼풀을 억지로 끌어올린 채 부스스한 모습으로 인터폰을 들고서 까칠한 목소리로 물었다.

"누구신데요?"

"아, 여기가 현성이네 집인가요?"

"네, 그런데요."

"아! 저는 혁준이라고 하는데요, 임혁준!"

혁준이 형은 나보다 두 살 많았다. 그 형이 나를 찾아온 이유는 나를 교회에 보내고자 하는 엄마의 계략 때문이었다. 사실 초등학교 때까지는 엄마를 따라서 신앙생활을 열심히 하는 편이었으나, 이 동네로 이사를 오면서 중학교에 입학한 이후로는 점점 교회생활에 흥미를 잃기 시작했고 이후 고등학생이 되면서는 교회를 전혀 나가지 않고 있었다.

그러던 차에 엄마는 교회에서 함께 봉사하는 친한 집사님에게 부탁하여 기어이 나를 교회로 데려가기 위해 그 집사님의 아들을 보낸 것이다.

나는 얼떨결에 혁준이 형과 통성명을 하고 그 형을 따라 무거운 발걸음을 옮겨야 했다. 제에길!

어쨌거나 난 어느새 교회의 예배당 안으로 들어가고 있었다. 혁준이 형은 찬양단 연습이 바빴기에 나를 예배당 한

가운데 있는 긴 의자에 앉히고는 연습실로 휑하니 사라져 버렸다.

다소 어색하게 앉아있던 내게 누군가 말을 걸어왔다.

"이름이 뭐예요? 사는 곳은?"

중고등부 예배가 시작되기만을 기다리며 멀뚱하니 앉아 있던 내게 자신을 중고등부 총무라고 소개하며 질문을 시작한 뿔테 안경의 단발머리 고등학생이 있었는데, 그녀가 바로 희경 누나였다.

양희경.

그녀와 나는 이렇게 처음 서로를 보게 되었다. 희경 누나의 목소리에는 쾌활한 느낌이 듬뿍 배어 있었다.

처음 나온 사람을 위한 배려인 듯 희경 누나는 내 옆에 앉더니 예배가 시작되어도 여전히 내 옆자리에 그대로 앉아 있었다. 어리바리한 표정으로 혼자 앉아 있던 내 모습이 꽤나 애처로워 보였던 건 아닐까?

예배의 시작. 찬양단의 신나는 찬양이 시작되나 싶더니 얼마 지나지 않아 중고등부 담당 목사님이 설교를 하기 위해 교단으로 올라왔다. 가느다란 눈에 평균보다 작은 키, 가지런히 빗어 넘긴 2:8 가르마에 깐깐함이 묻어나는 외모를 가진 50살쯤 되어 보이는 남자 목사님이었다. 물론 그의 나이가 30살 초반이었다는 걸 알게 된 건 한참이 지나서였지만…. 지나치게 단정한 모습이 실제보다 나이가 더 들어 보이게 했다. 그런 그의 모습과 잘 어울리는 지루하고 장황한 설교가 하염없이 이어지고 있었다. 하지만 본인은 스스로의 설교에 매우 감동하는 듯했다.

점점 목소리가 높아지고 표현이 과격해지는가 싶더니 급기야,

"하나님을 믿지 않는 사람들은 애초에 태어나지 말았어야 할 쓰레기들입니다. 여러분! 오직 여호와만이 우리를 구원하실 것이니, 여러분들은 하나님의 깨우침을 위해 기도하고 기도하며 또 기도함으로써 자신의 신앙을 숭고하게 지켜나가야 할 것입니다!"

라는 말을 얼굴까지 붉혀대며 마구 외쳐대었다.

나는 속으로 놀라지 않을 수 없었다. 그의 설교를 듣노라면,

'난 그동안 쓰레기였나?'

하는 생각만이 내 머릿속을 맴돌뿐이었이다.

나는 고개를 돌려 슬쩍 희경 누나 쪽을 보았다. 이런 설교에 대해, 이 교회를 오래 다닌 사람의 반응은 어떠할지 궁금했기 때문이다. 더구나 그녀는 이 교회 중고등부의 총무가 아니던가?

그런데 그녀의 모습은 나를 더욱 놀라게 만들었다. 그녀

는 매우 시니컬한 표정을 짓더니 오른손을 높이 들고서 당당히 가운데 손가락 하나를 곧게 펴는 것이 아닌가? 그렇다. 그녀는 설교하시는 목사님을 향하여 과감하게 아메리칸 슬랭(American slang)을 날리고 있는 중이었다. 학교 운동부에 소속되어 있기에 그다지 공부를 하지 않은 나조차도 확실하게 알고 있는 바로 그 단어!

F-u-c-k-y-o-u!!

'오! 이 누나, 뭐지?'

하는 생각이 나의 머리를 때렸다. 게다가 설교하시는 목사님이 그녀의 모습을 봐 버렸다. 그렇지 않아도 완고해 보였던 목사님은 얼굴이 더욱 붉어지며 이제는 말까지 더듬기 시작했다.

"여, 여러분들은, 사, 사탄의 유혹에, 빠, 빠져서는 안 될 것입니다."

이렇게 말하는가 싶더니 급기야 이쪽을 돌아보며 외쳤다.

"야! 양희경! 너 설교 중인데 무슨 불경한 짓이야, 교회에서! 하나님이 겁나지도 않아?!"

"아니, 목사님. 우리가 전도해야할 길 잃은 어린양들을 태어나지 말았어야 하는 쓰레기들이라고 하신 거야 말로 왜곡된 교리 아닌가요? 불경으로 칠 거 같으면 목사님의 그 말씀이 훨씬 불경하죠. 저는 성직자도 아니니 이 정도는 하나님도 애교로 봐주실 걸요? 하나님이 무슨 밴댕이 소갈딱지도 아니고….”

“뭐, 뭐야?! 하여간 넌 정말 맘에 안 들어!”

이렇게 말씀하신 목사님은 얼른 설교를 마치시고는 황급히 그 자리를 떠나버렸다.

중고등부 예배는 그렇게 끝이 났다. 아니, 쫑났다고 해야 하나?

아무튼 나는 아직도 충격에서 벗어나지 못한 채,

‘이런 콩가루 교회가 있나?!’

하고 생각할 뿐이었다.

이때 혁준이 형이 아무렇지도 않은 표정으로 내 옆으로 와 잔잔한 목소리로 얘기했다.

“현성아. 오늘 너 새로 왔다고 중고등부 회식하기로 했거든. 그러니까 성경공부 마치고 집에 가지 말고 나 따라오면 돼.”

예배당 옆, 201호실이라고 적혀 있는 방에서 성경공부까지 마친 나는 혁준이 형과 희경 누나, 그리고 중고등부의 여러 사람들과 함께 가까운 분식점으로 향했다.

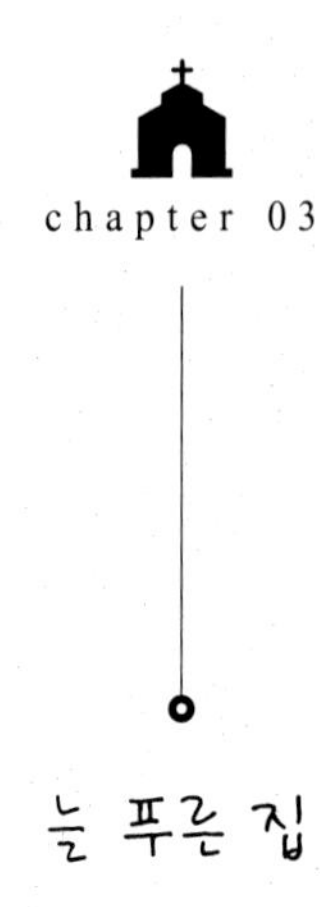

늘 푸른 집

교회에서 나와 언덕 아래로 내려온 뒤 한성대 입구 역 6번 출구에서 직진하여 횡단보도를 건너 작은 골목으로 들어가는 바로 그 지점 한쪽 귀퉁이에 '늘 푸른 집'이라고 적힌 분식집이 보였다. 20여 명가량 되는 인원이 들어가자 그 작은 분식집은 어느새 인산인해를 이루었다.

우리는 인원수에 맞춰 떡볶이를 시켰다. 이 가게의 떡볶이는 신당동 스타일의 국물 떡볶이였다. 자글자글 끓는 국물에 야채와 튀김, 라면사리, 삶은 계란 등을 함께 넣어 만든 푸짐한 양의 떡볶이가 내 눈길을 끌었다.

중고등부 회장을 맡고 있는 영석이 형이 일어나 대표기도를 하였다. 하나님 아버지로 시작하여 감사하다는 말을 한 뒤 마지막에 아멘으로 마무리 짓는 이영석 회장의 기도는 순례자들의 기나긴 도보여행처럼 느껴졌다. 이 여행이 끝나자마자 우리들 모두 마치 계주의 시작을 알리는 총소리를 들은 스프린터들처럼 재빨리 움직이며 음식을 흡입하기 시작했다.

"야, 양희경, 너 아무리 그래도 그렇지. 목사님한테 빼큐(fuck you)가 뭐냐?"

우걱우걱 떡볶이를 씹어대던 혁준이 형은 희경 누나를 바라보면서 타박했다.

"왜? 택도 없는 얘길 하니까 그렇지. 어떻게 하나님 안 믿는다고 쓰레기가 되냐? 게다가 오철승 목사님은 너무 근본주의적이라니깐. 마치 이슬람 종교 무장단체 같은 말만 하니까 말야. 그런 얘길 듣고도 가만히 있는 게 더 나쁜 거라고 봐."

"쯧쯧."

혁준이 형은 딱하다는 듯 희경 누나를 바라보며 혀를 찼다. 희경 누나는 아랑곳하지 않고 나를 돌아다보며 말을 걸어 왔다.

"현성아. 너 학교에서 운동부라고?"

"네. 유도부 하고 있어요."

"어머, 무지 힘들 거 같은데? 할 만 하니?"

"하하하. 아니요. 아마 누나는 한 달도 못되어서 뛰쳐나올 걸요. 게다가 거기서 코치님한테 빼큐(fuck you)를 날리면 그 자리에서 즉사할지도 몰라요."

"하하하!"

나의 농담 섞인 대답에 같은 테이블에 있던 몇몇이 함께 웃었다.

"너 경신고등학교 유도부라고 했지? 내가 언제 한번 응원 갈게. 호호"

"네. 고마워요, 누나."

즐거운 대화와 맛있는 떡볶이는 그야말로 학창시절에나 누릴 수 있는 꿈결 같은 순간이리라! 게다가 희경 누나를 포함한 몇몇 자매들(교회에서는 남자는 형제님, 여자는 자매님이라고 지칭한다)의 미모는 솔직히 나쁘지 않은 편이었기에 남자고등학교를 다니는데다가 그 중에서도 거친 애들만 모여 있는 유도부원이었던 나로서는 이런 멋진 순간을 맞이한다는 것이 쉽지 않은 일이었다. 마음을 설레게 만들기에는 이보다 더 좋은 조건은 없으리라, 할렐루야!

그렇게 얼마간의 시간이 흐른 뒤 희경이 누나는 먼저 가봐야 한다며 그 자리를 떠났다. 나는 조금 아쉽긴 했지만 그래도 아무렇지 않은 듯 쿨하게,

"누나, 안녕!"

이라고 손을 흔들며 먼저 나가는 누나를 손짓으로 배웅했다. 희경 누나가 먼저 간 이후로 한 명 두 명씩 슬슬 자리를 뜨기 시작하더니 어느새 이곳엔 혁준이 형을 비롯해 7명 정도만 남아있었다. 남은 7명은 한 테이블에 둘러앉아 교회에 대한 이런 저런 이야기를 주고받았다.

새 신자인 나로서는 별다른 할 말이 없어 조용히 듣고 있었는데 이야기의 화제가 자연스레 희경 누나로 바뀌더니 혁준이 형이 나를 보며 이야기했다.

“희경이 쟤, 고아야.”

나는 희경 누나가 고아라는 이야기에 살짝 놀랐다.

“그럼 어렸을 때 부모님이 돌아가신 건가요?”

나의 물음에 이번에는 영석 회장이 대답했다.

“그건 우리도 정확히는 몰라. 희경이가 그것까지 말한 적은 없으니까. 단지 본인 말에 따르면 아주 어렸을 때부터 홉킨스 재단에서 운영하는 홉킨스 고아원에서 살았대. 그리고 중학교를 들어가고부터는 여기서 혜화동 가는 길목에 있는 홉킨스 스튜던트 기숙사에서 살게 된 거고.”

“아! 홉킨스 스튜던트 기숙사라고 하면 혜화동 가는 쪽으로 큰 횡단보도 건너서 바로 있는 그 빨간 벽돌 건물 말씀하시는 거죠?”

“어, 그거.”

듣고 있던 혁준이 형이 한마디 덧붙였다.

"이런 말을 해주는 이유는 간단해. 미리 알고 있어야 자기도 모르게 실수나 실언을 하지 않을 수 있을 테니까. 걔가 네게 마음을 열게 되어 본인이 이 이야기를 꺼낼 때까지는 아는 내색하면 안 된다."

나는 손사래를 치며 다짐하듯 말했다.

"안 하죠, 안 하죠."

나는 괜히 포크를 들어 노란 단무지 하나를 살짝 쿵 찍은 뒤 입으로 가져갔다. 와삭 와삭 소리를 내며 혁준 형과 영석 회장을 번갈아 쳐다보며 물었다.

"그런 거 치고는 성격이 되게 밝네요."

"희경이 되게 성격 괜찮은 애야. 알면 알수록 정말 좋은 사람이란 걸 알게 될 거야."

혁준이 형의 대답에 영석 회장 역시 동의하는 표정을 지으며 고개를 위아래로 가볍게 흔들었다. 그리고 내게 말했다.

"여기 '늘 푸른 집'은 우리가 회식할 때마다 오는 가게니까 앞으로 이곳 떡볶이를 자주 먹게 될 거야."

"네. 저는 좋아요. 여기 맘에 들어요. 하하."

"니 몸을 보면 뭐든지 맘에 들어 할 거 같아. 먹는 거라면!"

혁준이 형이 한마디 거들었다. 우리는 크게 웃으며 서로를 바라보았다.

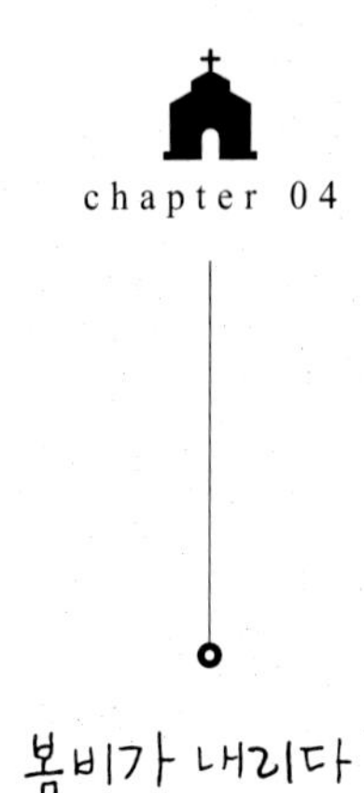

chapter 04

봄비가 내리다

"헉, 헉, 헉."

월요일. 학교 수업이 미처 끝나기도 전에 운동부원들은 교실을 빠져나와 운동장 한쪽 끝에 있는 체육관에 집합을 한 뒤 운동을 시작한다. 오늘도 유도부의 고된 훈련이 시작되었다.

"야! 이 새끼들아! 그거밖에 못해?!"

오늘따라 코치님의 심기가 불편한 것인지 훈련은 다른 때보다 훨씬 힘들었다. 지금까지 엎어치기 동작만 백 번은 넘게 반복한 것 같다. 팔굽혀 펴기, 윗몸 일으키기, 조르기 연습, 그밖에 여러 가지 기술걸기 연습 등을 반복하다 보면 정말 심장이 터질 것 같고 차라리 오늘 내가 여기서 피를 토하고 죽어버렸으면 하는 생각이 훈련을 할 때마다 쓰나미처럼 나를 덮친다.

그러나 신기한 점은, 이런 생각이 절정에 다다를 때쯤이면 언제나 어김없이 코치님의 쩌렁쩌렁한 목소리가 들려온다는 것이다.

"10분간 휴식!"

잠깐의 휴식이 주어진 후 다시 훈련이 시작되는데 이번에는 학교 바깥으로 나가서 수 킬로미터 되는 거리를 구보로 다녀와야 한다. 학교 후문으로 나가서 한성대입구역으로 간 뒤, 그곳에서 혜화역 쪽으로 가 대학로를 지나 높은 언덕에 있는 낙산공원까지 달려갔다가 거기서 곧바로 쉬지 않고 같은 코스를 거꾸로 하여 학교까지 돌아오는 것이다.

"헉, 헉, 헉, 헉."

나의 가쁜 숨은 점점 더 빨라졌다. 하지만 뒤처지게 되면 코치님이 보지 않는 곳에서 선배들의 공포스러운 몽둥이 찜질을 받아야 한다. 내가 살 길은 오로지 죽을힘을 다해 뛰는 것뿐! 단언컨대 운동부에서 훈련하듯이 공부한다면 누구라도 하버드 로스쿨, 메디컬 스쿨, 행정고시, 사법고시 등 그 어떤 어려운 시험에도 무난하게 합격하리라!

시간은 어느덧 학생들이 하교할 때를 지나고 있었다. 그러나 운동부의 훈련은 앞으로도 한참 더 이어진다.

우리 일행이 한성대입구역을 지나 길을 따라 돌아 대학로 쪽으로 가기 위해 열심히 달려가고 있을 때 쯤 멀리서 초록색 교복을 입은 여학생 무리가 보였다. 아무리 힘들어도 이 순간만큼은 유도부의 훈련 군기에 매우 절도가 잡힌다. 구령소리도 훨씬 우렁차게 변한다. 초록색 교복을 입은 혜화여고 소녀들에게 멋진 모습을 보이기 위한 우리들의 마음 속 각오는 전쟁터로 향하는 초나라의 늠름한 항우장군의 기세 못지 않으리라는 것에 내 손모가지를 걸 수도 있다!

아참. 이런 표현은 쓰면 안 되지…. 그만큼 확신한다는 뜻으로 이해를….

그런데 나 같은 1학년생에게는 이 상황에서 한 가지 크게 아쉬운 점이 있다. 선배들은 모두 새하얀 도복에 검은색 띠를 멋지게 두르고 있지만 우리 같은 1학년 들은 선배들의 텃새에 어쩔 수 없이 흰 띠를 둘러야 한다는 것. 태권도나 유도나 뭐가 되었든 하얀색 띠는 처음 시작하는 초심자를 뜻하기에, 내심 억울하기도 하고 쪽팔리기도 하다. 아무래도 흰 띠는 가오가 좀 빠지기에….

아무튼 이때,

"앗! 현성아! 박현성!"

여학생 무리 중에서 한 사람이 나의 이름을 불러댔다.

이것은 그야말로 있을 수 없는 일이었다. 여고생 중에 굳이 내 이름을 부를만한 사람이 없었기 때문이다.

이상하다는 생각이 들려는 찰라 갑자기 내 가슴이 덜컥 내려앉는 듯했다. 그렇다! 그 목소리의 주인공은 어제 교회에서 처음 본, 웬만한 다단계 영업직원 빰칠 정도로 극강의 친화력을 자랑하는 희경 누나의 경쾌한 목소리였음을 깨달았기 때문이다.

그녀의 발랄함은 내 입장을 점점 더 코너로 몰아갔다. 앞에 뛰어가는 선배들의 일그러지는 표정이란 보지 않아도 뻔하다.

이는 분명 내 잘못이 아니다. 그냥 아는 교회누나가 혼자 신나서 나를 부른 것이다. 하지만 운동부의 세계에서는 그런 논리 따위 애초에 통하지 않는다. 이 세계에서 이런 상황에 대한 해석은 그저 잘못된 사생활이 초래한 나의 잘못으로 결론이 날 뿐이다.

그리고 이 사태를 유발한 나는 경건하고 숭고하게 진행되어야 할 훈련을 타락시킨 용서받을 수 없는 중죄인이 될 뿐이고, 그에 합당한 잔혹한 처벌만이 나를 기다리고 있을 뿐인… 뭐, 그런 것이다.

그런데 어쨌거나 정말 이 누나는 좀 짱이긴 했다. 구보하는 유도부 무리를 뒤따라 달려오며 나를 계속 불러대는 것이었다.

"야! 박현성! 반가워! 너 정말 유도부구나. 오! 멋있는데? 그런데 하얀띠네!"

단언컨대 달려가면서 동시에 이렇게나 여러 가지 말들을 할 수 있는 것도 아무나 타고날 수 없는 희귀한 재능임에 틀림없다. 그야말로, 악마의 재능! 나는 대답을 할 수도, 안 할 수도 없는 애매한 입장에 처해버렸다.

어쨌거나 희경 누나는 재미있다는 듯이 싱글 싱글 웃으며 속도를 내어 내 옆으로 바짝 따라 붙었다. 나는 누나를 향해 얼굴을 찌푸리며 조그마하게 속삭였다.

"누나, 어서 가세요! 이러면 안 돼요! 나 지금 훈련 중이란 말이에요!"

간절함이 배어있는 나의 말에 누나는 그저 배시시 웃으며,

"나도 그냥 달리는 중이야. 니네가 훈련하면 하는 거지. 왜 그냥 달리는 사람더러 뭐라 그래?"

"누나, 나 이따 선배들한테 맞는단 말이에요!"

약간의 떨림이 느껴지는 나의 이 말에 희경 누나는 오히려 목소리를 드높이며,

"뭐?! 선배들이 때린다고?! 그럼 경찰 불러야지! 호호호!"

앞서 달려 가는 선배들의 얼굴 표정은 굳이 보지 않더라

도 선명한 동영상이 되어 내 머릿속에 그려졌다.

난 이제 지옥을 피할 수 없다. 희경 누나는 자신의 즐거움을 다 누려서인지, 아니면 더 이상 달릴 힘이 없어서인지는 모르겠지만 속도를 천천히 늦추면서 뒤처져 갔다.

내가 속으로 '휴~' 하는 안도의 한숨을 내쉬고 있는 찰나,

"박현성! 파이팅! 안녕! 잘 가! 박현성! 파이팅! 안녕! 잘 가!"

굳이 안 해줘도 되는 인사를 두 번이나 똑같이 반복해서 열심히 해주는 희경 누나. 그리고 그보다는 데시벨이 작았으나 분명히 뒤따라 들려온 소리.

"호호호호!"

백설공주가 독사과를 먹는 모습을 몰래 지켜보면서 웃음을 참지 못하는 마녀의 소리가 그러하리라!

오늘 운동을 마치고, 나는 이 문제를 따지기 위해 홉킨스 스튜던트 기숙사로 찾아가기로 했다. 어차피 집으로 가는 쪽에 있으니까. 비록 혁준이 형이 희경 누나의 가족사를 아는 척하면 안 된다고 말하긴 했지만 희경 누나의 장난은 좀 지나친 데가 있었기에 분명히 짚고 넘어가야겠다고 생각했기 때문이다.

빠른 걸음으로 성큼성큼 빨간 벽돌로 된 건물을 향해 걸

어가고 있는데 멀리서 한 사람이 홉킨스 기숙사 입구 쪽에 서 있는 모습이 눈에 들어왔다. 처음에는 그러려니 했는데 가만 보니까 희경 누나였다. 옷차림은 편안한 트레이닝 복이었다.

희경 누나는 나를 보더니 활짝 웃으며 손을 흔들었다. 나는 그런 누나의 모습에 단단히 당조짐을 하려한 애초의 마음이 사라져 버려 그만 피식 웃어버리고 말았다.

"야! 박현성. 내가 여기서 너 올 때까지 기다렸잖아. 너네 학교에서 집에 가는 길이 여기 지나치잖아, 안 그래?"

그러면서 등 뒤로 숨기고 있던 무언가를 내게 주었는데 그것은 새빨갛게 잘 익은 꿀사과였다.

"야! 이거 받아 주는 거지? 헤헤. 누나가 너 귀여워서 그러는 거야."

나는 '이러면 안 되는데….'라고 생각하면서도 누나의 달콤한 말에 그냥 웃으며 사과를 받아들었다. 그리고 한 입 베어 먹었다. 와사삭! 사과가 입 속에서 꿀 같은 즙을 내며 시원스레 쪼개졌다. 그런 나의 모습을 희경 누나는 웃으며 바라보았다.

"누나는 안 먹어요?"

"나? 많이 먹었어. 너 먹어."

내가 또 한입 사과를 베어 물었을 때 희경 누나 뒤 홉킨스 건물 쪽에서 웬 남자 3명이 걸어 나오며 희경 누나를 부르기 시작했다.

"야, 양희경. 너 데이트 하냐?"

"오, 보기 좋구만. 너 요새 우리랑 안 놀고 저런 어려보이는 새끼랑 어울리나 보지?"

희경 누나는 어느새 날카로운 표정으로 뒤를 돌아보며 건달 같은 3명에게 외쳤다.

"야! 니네랑 상관없으니까 그냥 니네 할 일들이나 하세요!"

"오~! 너가 우리한테 이런 식으로 해도 되는 거야? 이 걸레 같은 년이!"

건달 같은 남자 3명 중 한 명이 내뱉은 이 말에 희경 누나는 부들부들 몸까지 떨며 분노의 빛을 내비쳤다. 순간, 내가 나서서 희경 누나를 보호해야 한다는 생각이 솟구쳤다.

"저기요, 형들 같아 보이는데 이제 그만 하시죠!"

나는 한걸음 앞으로 나오며 세 명의 건달들에게 목에 힘을 주어 말했다. 나의 말에 건달들은 히죽히죽 웃어대며,

"야! 너 방금 뭐라 그랬냐? 설마하니 얘를 위해서 그러나 본데, 모르면 그냥 빠져라! 얘는 그럴 가치가 없는 애야!"

이렇게 말하며 그 녀석이 오른쪽 검지로 희경 누나의 머리를 꾹꾹 밀어댔다. 나는 점점 끓어오르는 분노를 참을

수 없었다. 당장에라도 이 건달 세 놈을 때려눕히고 싶었다. 그러나 한 번 더 마음을 가다듬고 입을 열었다.

"그만해라. 계속 그러면 나 이제 안 참는다."

"하하하하, 너 지금 안 참는다고 했냐?"

한 녀석이 이렇게 말하며 내 앞으로 얼굴을 들이민 채 한걸음 한걸음 다가오고 있었다. 그때 옆에 있던 다른 녀석이 말리는 척 그를 잡으며 나에게 말했다.

"야, 너가 지금 양희경을 잘 몰라서 이러나 본데 다시 말하지만 너가 이렇게까지 편들어줄 가치가 없는 애라니까!"

옆에 있던 다른 건달이 이어서 입을 열었다.

"그래. 희경이 쟤, 중학교 때부터 우리랑 다니면서 다른 애들 삥 뜯고 술, 담배는 기본에 가끔 거나하게 취한 때면 우리랑 서로 여기저기 만지작만지작 하면서 그렇게 놀던 애라니까. 크크크"

듣기 거북한 말을 내뱉던 세 번째 건달은 자신의 이야기를 비열한 웃음으로 마무리 지었다. 두 번째 건달 녀석이 다시 입을 열었다.

"그래, 같은 고아들끼리 서로 서로 상부상조하면서 노는 거지. 안 그래, 형제들?! 하하하하."

이렇게 말하며 자기 양옆의 건달 녀석들을 번갈아 쳐다봤다. 첫 번째 건달 녀석도 기어이 한마디 더 덧붙였다.

"야, 양희경! 너 이 새끼 것도 몇 번 만져줬나 보지? 그러니까 지금 널 위해 목숨 바치려 하지. 우리가 얼마나 무서운 형님들인지 좆도 모르면…."

나의 주먹은 이미 그 첫 번째 건달의 복부를 강타했다.

"더 아가리 놀리지 마라. 더러운 새끼들아! 비열한 깡패 새끼들!"

건달 녀석들의 싸움 실력도 그들 또래에 비하면 꽤나 괜찮은 편이었을 것이다. 하지만 나는 매일 죽을 것 같은 훈련을 견뎌 온 우리 학교의 유도부 대표 선수였다. 그냥 싸움 좀 한다는 애들이 싸우는 것과 정식 운동부가 싸움을 하는 것은 차원이 전혀 다른 얘기다. 동네야구와 메이저리그 정도의 거리가 있다고나 할까?

나는 건달 세 놈을 순식간에 때려 눕혔다. 그 중 한 놈은 유도기술 중에서 내가 가장 잘하는 허벅다리걸기에 걸리는 바람에 공중으로 몸이 '부웅' 하고 떠올랐다가 허리부터 등까지 아스팔트 바닥에 제대로 내리 꽂혔다.

순식간에 세 건달 녀석 중 두 녀석은 울 것 같은 표정을 지으며 홉킨스 기숙사 건물로 뛰어 들어갔고 내게 허벅다리걸기를 당한 한 녀석은 양손으로 허리를 짚고 땅바닥에서 일어나지 못하고 엎드린 채 이리 뒹굴 저리 뒹굴 거리며 눈물 콧물 다 흘려대면서 미친 듯이 비명을 질러대고 있었다. 유도기술이라는 것은 당하는 사람이 낙법을 하지 못했을 경우 매우 치명적인 상처를 남기게 된다. 아마도 이 녀석은 허리뼈가 아스라져 있을 것이다. 나는 희경 누나가 있던 곳을 보았다. 그런데 누나는 보이지가 않았다.

"희경 누나!"

누나를 부르며 주위를 두리번거렸다. 하지만 그곳 어디에도 희경 누나를 찾을 수 없었다. 마음이 급해진 나는 다시 가방을 둘러메며 누나가 향했을 것이라고 생각되는 곳으로 열심히 달렸다. 사실 이성적 판단을 했다기보다는 본능적으로 발걸음이 닿는 곳으로 호들갑스레 뛰어갈 뿐이었다.

하지만 어디에서도 누나의 모습을 찾을 수 없었다. 나는 혹시나 하는 마음에 한참을 달려 교회까지 가보았다. 우리 교회 벽면에는 커다란 예수님의 그림이 있는데, 누나는 그 벽면 쪽에 기대어 울고 있었다. 나는 가쁜 숨을 몰아쉬며 희경 누나에게 다가갔다.

"누나!"

희경 누나는 계속 울기만 할 뿐이었다. 나는 달리 할 말이 없었다. 얼마나 깊은 상처를 받았을지 짐작이 갔기에 더더욱 선불리 입을 열 수가 없었던 것이다. 그래서 나는 그저 누나 옆에 서 있다가 누나의 울음이 어느 정도 멎었다고 생각되는 그때 슬며시 오른손을 내밀어 누나의 한쪽 손을 꼭 쥐었다. 그리고 지난 청년부 예배의 찬양시간에 처음 들어보았던 노래를 나도 모르게 작은 목소리로 부르기 시작했다. 내가 왜 그랬는지는 잘 모르겠으나 갑자기 그 노래가 떠올랐고 왠지 지금은 그렇게 해야 할 것 같은 느낌이 었다.

♬ 나 무엇과도 주님을 바꾸지 않으리
다른 어떤 은혜 구하지 않으리
오직 주님만이 내 삶에 도움이시니
주의 친구 되기 원합니다 ♬

내가 여기까지 부르고 있을 때 희경 누나는 고개를 들어 나를 보더니 아주 약간이긴 해도 옅은 웃음을 지어보였다. 그리고 우리는 잔잔한 목소리로 속삭이듯 후렴 부분을 함께 불렀다.

♬ 주님 사랑해요 온 맘과 정성 다해
하나님의 신실한 친구 되기 원합니다 ♬

이때, 촉촉한 이슬비가 내리기 시작했다. 계절은 아직 봄이었다. 그래서였을까? 봄날의 이슬비는 그저 따뜻하게만 느껴졌다. 희경 누나와 나는 '나 무엇과도 주님을'이라는 이 찬양을 처음부터 한 번 더 불러 보았다. 봄비는 소리 없이 그러나 분명히 우리의 가슴속으로 파고 들어왔다.

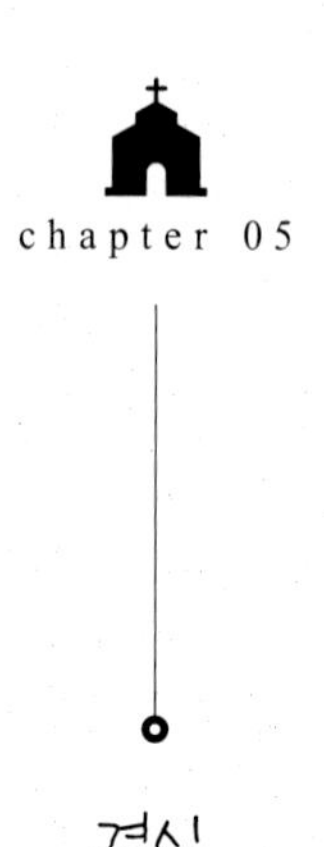

결심

내가 홉킨스 기숙사에서 희경 누나를 상습적으로 괴롭히던 3명의 건달을 혼내주었던 일이 결국 학교에서 문제가 되었다. 홉킨스 재단의 대표가 우리 학교에 정식으로 문제를 재기한 것이다. 더구나 나의 주특기였던 허벅다리걸기 기술에 걸렸던 녀석은 허리를 심하게 다치게 되어 당분간 병원 신세를 지게 되었는데 이 부분이 가장 큰 문제로 부각되어 버렸다. 부모님이 학교에 왔다갔다 하시며 수습을 해야 했다. 그리고 코치님, 감독님, 학교의 교장선생님까지 홉킨스 재단 대표에게 심심한 사과와 깊은 유감을 표했다.

이런 소동을 겪으면서 나는 오히려 나의 진로에 대해 깊은 고민을 하게 되었다. 사실, 그동안 운동선수로서의 인생을 산다는 것이 과연 나와 맞는 것인지에 대하여 여러 번 자문해온 바 있었다. 물론 전국대회 같은 곳에서 우승을 해본 경험도 있기는 하지만 그래도 나보다 더 재능 있다고 생각되는 선수들은 얼마든지 있었다.

무엇보다도 운동선수의 미래라는 것이, 1등의 위치에 오르지 못하면 앞으로의 삶이 매우 불투명해질 수밖에 없는 그런 측면이 다분히 있었다.

그래서였을까? 선배들 중 몇몇은 어둠의 세계로 자의 반 타의 반 발을 들여 놓았다는 흉흉한 소식도 때때로 들려오기도 했다.

결국 나는 이번 일을 계기로 운동을 그만 두어야겠다는 결심을 굳히게 되었고, 열심히 공부해서 반드시 좋은 대학에 들어가겠다는 약속을 하며 어렵사리 부모님을 설득시켰다. 학교 담임 선생님께서도 갑작스런 나의 이런 선택에 우려를 표하셨다. 하지만 재수, 삼수를 해서라도 공부의 길을 가겠다는 나의 의지를 거듭 이야기하며 선생님과의 대화는 적당히 마무리 할 수 있었다.

사실 가장 힘들었던 상대는 역시 운동부 코치님과 감독님이었다. 아니나 다를까. 내가 그만둔다는 이야기를 꺼내자마자 바로 화끈한 몽둥이 찜질이 이어졌다. 엎드려 뻗친 뒤 엉덩이를 몽둥이로 맞으면서 코치님으로부터 "근성 없는 자식!"이라는 말을 몇 번씩이나 들어야만 했다. 하지만 잘 알 수 있었다. 이것은 어떻게든 본인들이 아끼는 제자가 뒤늦게 엉뚱한 선택을 하지 않기를 바라는 애정 어린 호소였다는 것을. 그럼에도 불구하고 결국 난 운동부를 탈퇴했고 공부의 길로 다시 되돌아갔다.

기나긴 한 주가 지나 결국에는 일요일이 찾아왔다. 나는 중고등부의 예정된 예배시간보다 좀 일찍 교회에 도착해 예배당 안으로 들어갔다.

총무였던 희경 누나는 영석 회장과 무언가 긴밀한 이야기를 나누느라 정신이 없는 듯했다. 찬양단 맴버들과 함께 찬양연습을 하고 있던 혁준이 형은 나를 보자마자 얼굴을 찡긋거리며 눈인사를 보내왔다. 나는 그런 혁준이 형에게 슬쩍 목례를 한 뒤 적당한 자리를 찾아 앉았다.

찬양단이 연습하고 있는 찬양곡들이 나의 달팽이관으로 빨려들 듯 흘러들어오고 있었다. 나로서는 지난 한 주간 큰 일을 겪어서인지 찬양단이 연주하는 곡 하나 하나가 내 마음속에 깊이 스며드는 듯했다.

어느덧 찬양단의 연습이 끝나고, 이제 10분 후면 예배가 시작될 참이었다. 혁준이 형이 내게로 다가오며 툭 던지듯 한마디 내뱉었다.

"너, 악당들을 물리쳤다면서?"

나는 그저 피식 하고 웃기만 했다.

"아무튼, 잘했어! 하하! 나도 걔네들 한 번 본 적 있는데 진짜 짜증나는 애들이더라고. 이따가 예배 끝나고 자세히 좀 들려줘."

이렇게 말하고는 다시 자신의 기타가 놓여 있는 곳으로 돌아갔다. 그러고 보니 찬양단의 다른 맴버들도 나를 보면서 슬쩍 슬쩍 은은한 웃음들을 보내고 있었다. 피아노 앞에 앉아 있는 맴버, 마이크를 들고 있는 맴버들, 그리고 드럼 앞에 앉아 있는 맴버 이들 모두가 눈빛으로 나의 행동을 지지해주는 듯했다.

영석 회장의 대표 기도로 예배가 시작되려는 찰나, 희경 누나가 내 옆자리에 와서 털썩 소리를 내며 앉았다. 처음에는 눈을 감고 있어서 누가 온 줄만 알았지 희경 누나인지는 몰랐다. 하지만 기도 따위는 아랑곳하지 않고 옆에서 누군가 손가락으로 쿡쿡 찔러대는 느낌이 내게 전해지는 순간 '아! 그 누님께서 오셨구나!' 하는 생각이 자연스레 내 머릿속에 떠올랐다. 그럴 분이 이 누나 말고 누가 또 있겠는가? 희경 누나는 내게 조그맣게 속삭였다.

"야! 반가워. 지난 주 잘 지냈어?"

나도 고개를 숙여 목소리를 낮추어 대답했다.

"네! 잘 지냈어요. 누나는요? 별일 없었어요?"

"어! 너 덕분에 찰거머리 같은 애들 떨어져 나가서 이젠 좀 살만해. 그런데 홉킨스 재단 대표님이 너네 학교 찾아갔다면서. 나 그 얘기 듣고 많이 걱정했잖아."

"하하! 괜찮아요."

지금이야 걱정되면 핸드폰으로 전화하면 되지만 내가 고등학교를 다니던 그 시절에는 그런 것이 보편화 되기 훨씬 전이었다. 그나마 '삐삐'라는 것이 있기는 했는데, 이것도 모두가 갖고 다니는 것은 아니었고 몇몇 학생들 사이에서 조금씩 퍼져나가는 중이었다.

영석 회장의 기도는 계속되고 있었고 나를 향한 희경 누나의 속삭임도 역시나 계속되고 있었다.

"현성! 나 지난 주 동안에 뭐 하나 결심했어."

"뭔데요?"

"나 바리스타 하려고."

"네? 뭔 스타요?"

요즘은 바리스타라는 것이 보편화 되어 그것이 하나의 대중화된 직업이지만, 이때만 해도 바리스타라는 것은 그 이름을 들어본 사람조차 손에 꼽을 정도로 생소한 개념이었다.

"바리스타! 커피 만드는 사람을 뜻해. 내가 이런 결심을 한 계기가 좀 웃기기는 한데… 사실은 너를 보고 결심한 거야."

누나의 이 말에 의아해진 나는 두 눈을 크게 뜨며,

"저하고 바리스타하고 무슨 상관인데요?"

하면서 되물었다.

"아! 일단 지난 번 일 정말 고마워. 이 말부터 먼저하고. 헤헤."

희경 누나는 잠깐 웃음을 보이고 말을 이어나갔다.

"너가 우리 기숙사 문제아 군단을 물리쳐 주고 나니까 솔직히 나의 기숙사생활이 훨씬 편해졌어. 그 전에는 스트레스가 이만저만이 아니었거든. 그런데 천천히 생각해 보니까 너가 문제아 군단을 물리칠 수 있었던 것은 그동안 너가 열심히 유도부 훈련을 했기 때문 아니겠어? 피나는 훈련을 통해 갈고 닦은 너의 유도실력이 없었다면 나를 괴롭히던 건달 녀석을 혼내준다는 건 불가능한 일이었을 거야. 거기서 '이 세상을 잘 살아나가려면 무언가 하나 정도는 주특기가 있어야 한다.'는 생각이 들었던 거지. 그게 뭐가 되었든 다른 사람보다 더 잘할 수 있는 걸로 말야. 그리고 나는 그 분야를 바로 커피라는 것으로 정했다는 거."

희경 누나는 해맑은 미소를 지으며 말을 이어갔다.

"홉킨스 재단과 관련이 깊은 알베르토라는 이탈리아 쪽

선교사 분이 우리 기숙사에 오셔서 소규모 강연을 해주신 적이 있는데, 그때 이탈리아를 비롯한 유럽 쪽에는 바리스타라는 직업이 인기가 좋다는 말을 해준 적이 있어. 그 분의 얘기를 들을 때 내게 뭔가 느낌이 짠하고 오더라고. 왠지 앞으로 우리나라의 커피문화도 유럽식으로 변할 거 같다는 그런 예감. 그래서 내가 이 분야에서 미리 앞서 나가 있으려고. 어때?"

희경 누나는 말이 약간 빠른 편이다. 반면, 영석 회장은 다소 차분한 톤으로 느릿느릿 기도를 하고 있었기에 아직까지 회장의 기도는 계속되고 있었다.

"좋아요. 근데 누나, 실은 저 이번에 유도 그만뒀어요."

"응? 뭐라고?"

"유도 그만뒀다구요."

내가 유도를 그만뒀다는 말에 희경 누나는 갑자기 자리에서 벌떡 일어서며 큰 소리로 외쳤다.

"아니! 뭐야?!"

순간, 예배당에 모인 모든 이들이 우리 쪽을 바라보았다. 하필이면 영석 회장의 기도가 '이제 곧 말씀을 전하실 오철승 목사님께도 하나님의 크신 은혜와 지혜가 함께 하시기를 간절히 원하옵고…'라고 할 때쯤에 벌어진 일이었다. 이 쪽을 바라보는 오철승 목사님의 표정은 '역시 재는 탐탁지가 않아!'라는 메시지를 분명히 드러내고 있었다.

예배를 마치고 성경공부까지 다 마친 뒤 영석 회장, 혁준이 형, 희경 누나 그리고 나 이렇게 넷은 텅 빈 예배당 한 구석에 다시 모여 이야기를 하였다.

먼저 말을 꺼낸 쪽은 역시 희경 누나였다. 내심 마음이 많이 쓰였던 것이 분명하리라.

"왜?! 왜 그만둔 거야?!"

"일단 누나 때문에 그런 거 절대로 아니니까 그런 쪽으로는 생각 안 하셔도 되요. 사실 저의 진로를 운동으로 한다는 것에 여러 가지 회의가 많았어요. 제 나름대로.

왜냐면 운동이라는 건, 특히 유도는 결국 올림픽 같은데 나가서 메달을 따야만 성공하는 건데… 애초에 그럴 수 있을 확률도 정말 적구요, 메달을 딴다고 해도 그 이후의 삶이 얼마나 풍족할 수 있을지도 솔직히 확신이 잘 안 들죠. 대중적으로 인기 있는 게 아니니까.

심지어 메달 획득에 실패한 유도 선수라는 타이틀은 이래저래 애매하죠. 태권도랑은 또 달라요. 태권도 도장은 나름 인기라도 있지만…."

내 말을 들은 혁준이 형이 나섰다.

"잘했네. 내가 들어봐도 그래."

그러면서 나의 어깨를 툭툭 쳐주었다. 그러나 희경 누나는 나의 선택이 못내 마음에 들지 않은 표정이었다. 아마도 자신과 연루된 사건 때문에 내가 원치 않는 선택을 한 것은 아닌지 하는 불안감과 미안함 때문일 것이다. 나를 보고 있던 희경 누나의 눈이 촉촉이 젖어오기 시작했다. 순간 나는 당황하지 않을 수 없었다.

물론 희경 누나와의 그 사건이 있어 결단의 계기가 된 것은 사실이긴 하지만, 그렇다고 이것이 즉흥적인 결정인 것은 전혀 아니었다. 오히려 내가 결단을 내릴 수 있는 좋은 기폭제가 되었다고 생각하고 있었다.

이번에는 영석 회장이 나서서 희경 누나의 어깨를 두드리며,

"희경아. 내가 들어봐도 현성이는 결정을 잘한 거 같아. 저 정도로 이야기 할 수 있다는 것은 즉흥적인 생각이 아닌 게 분명해. 오랜 고민 끝에 결심한 거지. 그렇지 않아, 현성아?"

"네, 네!"

그동안 내가 파악한 영석 회장은 말이 많은 편은 아니었다. 아주 무뚝뚝한 것도 아니긴 하지만 분명 과묵한 데가 있었다. 그의 이런 스타일은 다른 사람들로 하여금 무언가 알 수 없는 믿음을 주는 측면이 있었다.

영석 회장의 이야기가 끝나고서 잠깐의 정적이 흐른 뒤,

비로소 희경 누나가 다시 입을 열었다. 흘러내린 눈물 자국이 선명히 나의 눈에 들어왔다.

"잘 생각해서 내린 결정이지?"

나는 웃으며 대답했다.

"그럼요. 저는 오히려 누나의 그 뜬금없고 듣도 보도 못한 바리스타인가 뭔가 그게 더 걱정 돼요. 생각이나 해보고 내린 결정인가요?"

이런 나의 말에 희경 누나도 비로소 조금씩 웃음 짓기 시작했다. 혁준이 형이 능글맞은 표정을 지으며 한마디 던졌다.

"희경아, 울다가 웃으면 엉덩이에 털…."

혁준이 형의 농담에 우리 모두는 웃음이 빵 터지고 말았다.

"근데, 희경아. 너 정말 그런 걸 해도 괜찮은 거야? 바리스탄가 뭔가, 그거 어쨌든 우리나라에서는 되게 생소하잖아."

영석 회장이 걱정이 되는 듯 물었다.

"그렇잖아도 나도 우리 기숙사 사감 전도사님께 어제 물어 봤어. 그런데 그 분이 아직은 대중적이지 않지만 아마 우리도 고급화된 커피문화가 형성될 거 같다고 하시더라. 게다가 그 분이 좋은 정보를 주셨는데, 안암동 쪽에 가면

'보헤미안'이라는 커피집이 있대. 그곳의 박 뭐뭐라는 사람이 대단한 커피 장인이래. 박 뭐라더라? 아무튼 박 선생님. 그래서 이따 거기 가보려고."

혁준이 형이 물었다.

"오늘?!"

"응. 오늘."

영석 회장, 혁준이 형, 그리고 나까지 셋은 잠시 동안 아무 말도 할 수 없었다. 희경 누나가 보여주는 뜻밖의 추진력 때문이었다고나 할까?

아무튼, 우리 셋은 잠깐 말을 멈추었다. 잠시 뒤 내가 조심스레 입을 열었다.

"그럼, 저도 같이 가 봐도 돼요? 궁금하네."

"좋지. 혼자가기에 안 그래도 좀 뻘쭘했는데."

"그럼, 나도 간다."

혁준이 형이 말하며 영석 회장 쪽으로 고개를 돌렸다. 영석 회장도 조용히 고개를 끄덕였다.

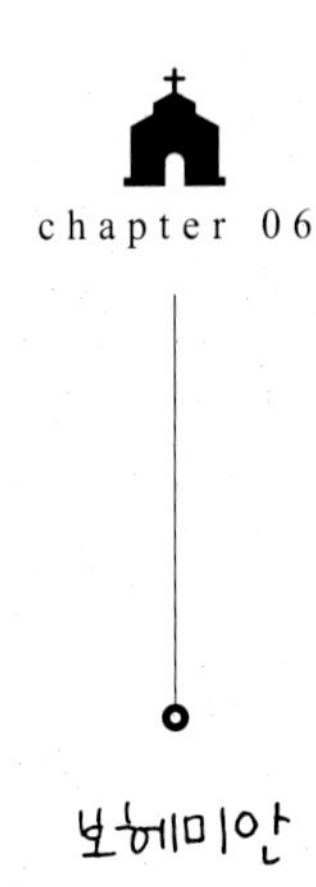

chapter 06

보헤미안

희경 누나, 영석 회장, 혁준이 형, 그리고 나까지. 우리 넷은 버스를 타고 안암동으로 왔다. 고대생들이 참살이 길이라고 부르는 그 길목에 내려 우리는 사람들에게 물어 물어서 드디어 맞은편 또 다른 골목 한 귀퉁이에 자리 잡은 보헤미안이라는 커피집을 비로소 찾을 수 있었다.

우리 넷은 다소 긴장된 마음을 가지고 지하 1층 커피집을 향해 계단을 내려가고 있었다. 아직 가게의 유리문을 열지도 않았는데 짙은 커피의 향이 코를 강하게 찔러 왔다. 요즘이야 원두커피라는 것이 매우 대중화 되어 있지만, 이때만 해도 이 정도로 강렬한 커피의 향을 느껴본다는 것은 그야말로 신선한 충격이었다. 우리 넷은 안으로 들어가 사장님을 찾았다.

"사장님 계세요?"

혁준이 형이 크게 불렀다. 잠시 뒤 가게 안 구석에서 하얀 셔츠에 청바지를 입고서 단정하게 머리를 빗어 넘긴 50대 정도로 되어 보이는 어떤 아저씨가 걸어 나왔다.

"학생들이니? 커피 마시러 왔어?"

그의 질문에 우리 넷은 순간 당황했다. 뭐라고 말을 시작해야 할지 아무도 생각하지 않았다는 것을 그때야 비로소 깨달았던 것이다. 갑자기 '제자로 받아주십시오!'라고 외쳐대며 무릎을 꿇을 수도 없지 않은가?

이때, 희경 누나가 입을 열었다.

"네, 일단 여기서 커피를 좀 마셔보려구요. 그런데 아저씨."

"응? 왜?"

"부탁이 하나 있어요."

아저씨는 약간 뜬금없다는 표정으로,

"무슨 부탁?"

"제가 바리스타가 되고 싶어서요. 어떻게 하면 되는지 가르쳐 주실 수 있나요?"

희경 누나의 솔직한 직구화법에 순간 이 아저씨는 멈칫하는 듯하다가 이내 웃으며 말했다.

"하하, 바리스타가 되고 싶다고? 매우 놀랍구나! 아직 우리나라 사람들은 그게 뭔지도 잘 모르는데. 그렇게 말하는 걸 보니 나에 대해 어느 정도는 알고 왔겠네."

희경 누나는 아주 살짝 고개를 끄덕였다.

"좋아! 그럼 내가 커피를 끓여줄 테니 일단 학생들은 저기 저 자리에 가서 앉아 있으렴."

라운드 테이블을 중심으로 몇 개의 의자들이 놓여 있는 그런 자리였다. 우리는 그곳에 가서 자리에 앉아 아저씨가 커피를 끓여오기를 기다렸다. 영석 회장이 우리를 보고 조용히 속삭였다.

"와! 커피향 장난 아니다. 이렇게 진하고 깊은 느낌은 처음인데?"

"나도."

"나도."

"저두요."

우리는 너나 할 것 없이 영석 회장의 소감에 격하게 동의하였다. 사실 처음 맡아본 강렬한 원두커피의 향, 그때의 향기는 지금도 잊혀지지 않는다.

얼마 지나지 않아 아저씨가 커피를 가지고 나왔다. 그리고 우리가 있는 자리로 와 함께 앉아 커피에 대해 이런 저런 이야기를 해주었다. 우리는 커피의 유래에서부터 어떻게 하면 커피를 맛있게 먹을 수 있는지에 대해서까지 소상히 설명을 들을 수 있었다. 따로 누가 물어보지 않아도 이 사람이 희경 누나네 기숙사 사감 전도사님이 이야기한 박 누구누구라는 그 분이 틀림없다는 것을 느낄 수 있었다. 커피 장인 박 선생님!

어느 정도 시간이 흐르고 커피에 대한 박 선생님의 이야기도 한 템포 쉬어 갈 때 쯤 희경 누나는 다시 한 번 박 선생님에게 물었다.

"선생님. 선생님께서는 제자 같은 거 안 받으시나요? 제가 여기서 아르바이트라도 하면서 어깨너머로라도 좀 배우고 싶은데요."

박 선생님은 슬며시 미소를 지었다. 자신의 원두커피를 잠시 입으로 가져가 한 모금 음미하더니 무언가 이야기를 시작하려는 것 같았다. 우리는 모두 긴장된 마음을 가지고 박 선생님을 바라보았다.

"흠… 아직 그런 건 생각해 본 적이 없는데. 사실, 나쁜 제안은 아냐. 나도 우리나라에 커피 문화를 전파하고 싶다는 욕심이 있고, 젊은 새싹들을 발굴하고 싶은 생각도 있지. 아직 우리나라에서는 바리스타라는 이름조차 생소하니까. 오히려 이렇게 찾아와 아르바이트를 하며 커피를 배우고 싶다고 하는 친구가 있으니 놀랍기도 하고 반갑기도 한데, 한 가지 염려되는 것이 있어서…."

"어떤게요?"

박 선생님의 이야기가 끝나자마자 희경 누나가 재빨리 물어보았다. 아마도 누나의 마음은 지금 바싹 타들어 가고 있을 것이다. 박 선생님은 잠시 우리를 둘러보고는 다시 희경 누나 쪽을 바라보며 말했다.

"커피는 인생이야. 이 한 잔 속에 인생을 담아내는 거지. 자네는 아직 너무 어려. 그만큼 인생경험이 짧을 것이고, 그렇기 때문에 아무래도 사람들의 영혼을 울리는 그런 커피를 만드는데 어려움이 있을 거라는 것. 왜, 판소리의 소리꾼도 한이 맺혀야 비로소 진정한 득음의 경지에 오른다고들 하잖아? 나도 이왕이면 인생에서 독특한 경험도 좀 있는 그런 친구를 제자로 삼고 싶으니까."

이때 혁준이 형이 나섰다.

"선생님. 본인께서도 처음부터 그랬던 것은 아니실 테니까요. 아르바이트 겸 제자 정도로는 희경이를 받아 줄 수 있지 않나요?"

그리고 영석 회장도 힘을 보탰다.

"맞아요. 제가 우리 교회 중고등부 회장인데 선생님께서 희경이를 제자로 받아주시면 제가 중고등부 담당 목사님께 얘기해서 이 가게 자주 올게요. 가끔 여기서 성경공부도 하구요. 커피 마시면서…"

나도 무언가 한마디를 보태야 할 것 같다고 생각하고 어떤 말을 할지 머릿속에서 이런 저런 고민을 하고 있을 때, 희경 누나의 웃음소리가 들려왔다.

"호호호호호!"

박 선생님을 포함한 우리 모두는 깜짝 놀라며 희경 누나 쪽으로 고개를 돌렸다. 희경 누나는 지그시 눈을 감고서 무언가 생각하는 듯하더니 다시 박 선생님을 바라보며 입을 열었다.

"선생님. 사실 제 인생 이야기는 잘 하지 않는 편인데, 선생님께서 굳이 삶의 경험이라는 것을 말씀하시니까 결코 평범하지 않았던 저의 작은 경험 하나를 말씀 드리도록 하지요. 이게 과연 선생님의 마음에 얼마나 흡족할지는 잘 모르겠지만요."

나는 순간 '희경 누나가 무언가 숨겨둔 카드가 있구나!'라고 생각하며 희경 누나의 얘기에 귀를 기울였다.

"저는 사실 고아에요."

이 한마디부터 벌써 박 선생님의 얼굴은 움찔하는 듯했다.

"그러나 다들 잘 아시다시피 부모 없이는 어떤 생명도 태어날 수는 없는 법. 저도 원래는 아빠, 엄마와 더불어 행복한 삶을 살아가던 평범한 아이였답니다.”

이 말에는 영석 회장과 혁준이 형까지 적잖이 당황하는 것 같았다. 그들은 분명 희경 누나가 부모님의 얼굴을 알지 못하는 갓난아기 때부터 홉킨스 재단에 맡겨져서 자랐다고 알고 있었기 때문이었다.

나를 포함한 우리 모두가 내비친 놀란 표정을 희경 누나는 아는지 모르는지 그저 그녀의 이야기를 담담히 풀어나갈 뿐이었다.

“저는 아름다운 바다가 보이는 어촌 마을에서 살고 있었죠. 아버지는 어부셨고 어머니는 해녀. 지금도 생선요리는 제가 가장 좋아하는 반찬이에요. 고등어, 갈치에서부터 때때로 먹게 되는 광어회나 세꼬시 등등. 우리 가족은 부유층은 아니었으나 그래도 우리 세 사람 먹고 사는 데는 남부러울 것 없이 살고 있었죠. 비록 작은 배이기는 해도 아버지는 엄연히 선장이셨거든요.

그러던 어느 날이었어요. 제가 갓 중학교 들어갔을 때쯤이었을 거예요. 엄청난 폭우가 내리치는 날, 몇 명의 사람들이 우리 집 문을 마구 두드려 댔죠. 그들은 빚쟁이들이었어요. 저는 그땐 그런 게 뭔지 전혀 몰랐지만… 아무튼 그들은 우리 집 안으로 몰려들어와 우리 아버지를 마구 패대기 쳐대며 돈을 내놓으라고 고래고래 소리를 질러댔어요. 이를 말리려던 어머니 역시 그들에게 심한 폭행을 당했죠. 저는 너무 무서워 방에 들어가 울기만 했어요. 그러다가 얼마 지나지 않아 얼른 경찰을 불러야겠다는 생각이 들었죠."

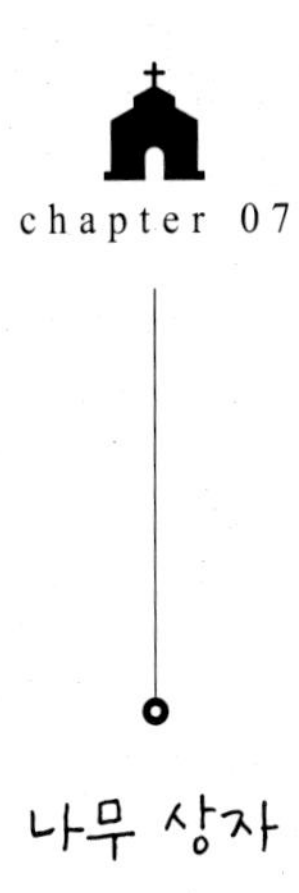

chapter 07

나무 상자

"아저씨! 여기 정종 한 병 더 주세요!"

서영의 목소리는 시원시원하게 울렸다. 나는 뜨끈한 오뎅 국물을 한 숟가락 입으로 가져가 후룩 소리를 내며 들이켰다.

"선배, 그 언니 지금 뭐해?"

훅 하고 들어오는 서영의 질문에 순간 웃음이 나왔다.

"너도 참 성격 급하다. 이제 이 누나에 대해서 잠깐 말했을 뿐인데 벌써 결론이 궁금하시다? 하기야, 분·초를 다투며 머니게임을 하는 너로서는 그게 당연할 수도 있겠지만…."

서영은 배시시 웃으며 자신의 잔에 조금 남아 있던 투명하고 따뜻한 정종을 쭈욱 소리를 내며 들이켰다. 나 역시 오랜만에 후배와 이야기를 하는 것이 즐거웠다. 거기다 한동안 잊고 있었던 희경 누나의 기억을 다시 떠올릴 수 있다는 것이 더 즐거웠다. 서영은 내게 재촉하듯 말했다.

"선배. 얼른 다음 얘기 좀 해봐. 그래서 어떻게 됐어? 근데 말야, 나 너무 슬픈 얘기는 별로 안 좋아하는 거 알지?"

애처로운 표정으로 나를 바라보는 서영의 얼굴에 그만 나는 큰 웃음을 터뜨려버렸다.

"푸하하하!"

"왜, 왜 웃어?!"

"하하하하! 아니 그냥. 계속 이야기를 해볼게."

희경 누나가 보헤미안 박 선생님에게 했던 이야기의 끝을 아는 나로서는 서영의 이런 반응이 참으로 재미있게 느껴졌다.

"희경 누나가 그때 했던 이야기를 해보자면."

서영은 다시 초집중모드로 나를 바라보며 귀를 기울였다.

희경 누나는 경찰을 불렀으나 시골 마을에서 별다른 사건 없이 나이만 먹어 할아버지가 된 이 동네 토박이 경찰은 사건을 해결하는데 별다른 도움이 되지 못했다고 했다. 사채업자들은 마음껏 난장판을 치고서는 갖은 악담을 퍼부

었고 다음날 반드시 다시 올 것이라는 으름장을 놓은 뒤에야 비로소 돌아갔던 것이다.

희경 누나의 아버지는 어느 정도 벌이가 안정되었다고 판단될 때쯤 희경 누나의 교육을 위해 더 좋은 지역으로 거처를 옮기고자 했고, 기왕이면 꽤나 호화로운 집을 사고자 했다. 거기에다 다양한 사업을 벌이느라 이곳저곳 투자한 곳도 많았기에 적잖은 신용대출을 끼게 되었던 것이다.

그런데 하필 이 즈음하여 희경 누나가 사는 동네 주변 바닷가에서 커다란 유조선이 침몰하여 기름이 바다로 흘러나왔고, 이로 인해 희경 누나의 아버지는 한동안 수입을 낼 수가 없었다. 그동안 벌어둔 얼마간의 돈은 물론 그밖에 대출을 받을 수 있는 곳에서 최대한 대출을 받아 돌려막기를 하면서 유조선 사고의 후유증이 끝나기를 기다리며 억지로 버텨나가는 나날들이었다.

시간이 흘러 동네 앞 바다가 점점 깨끗해지고 유조선 사고가 사람들의 머릿속에서 이제는 지나간 일이라고 인식될 때쯤, 고기잡이 배 선장인 희경 누나의 아버지와 그의 선원들은 만선의 꿈을 안고 다시 바다로 나갔다.

이제, 모든 건 정상으로 돌아가리라!

당시 중학교 신입생이었던 희경 누나 역시 그런 믿음을 간직하고 있었다. 그러나 그날 배 위에서 어떤 일이 있었는지 모르겠으나 바다에서 돌아온 사람은 8명의 선원들 중에서 5명뿐이었다. 배는 이곳저곳이 부서져 있었다. 아마 먼 바다까지 나갔다가 갑자기 요동치기 시작한 파도와 한바탕 치열한 사투가 있었음에 틀림없다.

그들 모두는 내로라하는 베테랑 어부들이었다. 어떤 세찬 파도와 부딪혀도 굴하지 않을, 바다에 대해서는 누구보다 잘 안다고 자부하는 사람들이었다. 평생을 바다만 보면서 자랐고 바다 일만을 해왔던 그런 사람들이었다. 그런 그들 중에 세 사람이나 살아 돌아오지 못했다는 사실은 마을 사람들에게 또 하나의 충격을 안겨주었다.

그래서일까. 사람들은 믿기 힘든 이런 사실을 납득시켜줄만한 이유를 애써 찾으려 했다. 더 정확히는 이 일에 대해 모든 책임을 짊어질 마녀가 필요했던 것이다. 아니나 다를까. 비난의 화살은 선장이었던 희경 누나의 아버지에게로 향했다. 돌아오지 못한 선원들은 하나같이 한 가정의 가장들이었다. 가장이 죽어버린 가족들에게 남아있는 삶이라는 건 앞이 보이지 않는 어둠처럼 느껴졌을 것이다.

그 두려움 때문이었을까? 그들은 희경 누나의 아버지와 가족들에게 온갖 저주 섞인 욕설을 퍼붓기 시작했다. 선장이라는 타이틀은 이제 마녀의 낙인이 되어 희경 누나의 아버지에게 굴레처럼 씌어졌던 것이다.

그렇게 하루하루 지내던 어느 날 또 한 무리의 사람들이 찾아와 빌려간 돈을 내놓으라며 독촉하기 시작했다. 그 독촉은 점점 더해져 무서운 협박으로 변해갔고 그 협박은 이제 공공연한 폭력행위로까지 이어지고 있었다.

더 이상 견딜 수 없었던 희경 누나의 아버지는 어느 날, 가족들을 남겨둔 채 홀쩍 어디론가 떠나 버렸다. 희경 누나의 어머니 역시 집을 나간 아버지를 찾아보겠다면서, 늦어도 2, 3일 후면 꼭 돌아올 테니 기다리고 있으라는 약속을 하고 집을 나갔으나 그 약속은 결국 지켜지지 못했다.

희경 누나로서는 많은 상처와 상심 속에서 학교도 나가지 못한 채 덩그러니 방에 앉아 그저 고통의 눈물을 흘리는 것이 자신이 할 수 있는 일의 전부였다. 그나마 어린 동생이 없다는 것이 위안이라면 위안이랄까?

일이 있은 후 1주일 정도는 아무것도 못한 채 울기만 했다고 한다. 옆집 아주머니와 학교 선생님이 찾아와 위로와 함께 약간의 먹거리를 챙겨주기는 했으나 거의 먹지 못하고 나날이 야위어만 갔다.

희경 누나의 말에 따르면 홀로 남겨지고 1주일 째 되던 날, 자신도 기어이 죽고야 말겠다고 다짐을 했다고 한다. 그래서 파도가 넘실대는 방파제 끝에 섰는데 바로 그때 1년 전 희경 누나의 아버지가 누나에게 했던 이야기가 떠올랐다고 했다.

“희경아, 이 안에는 정말 중요하고도 놀라운 것이 들어있단다. 지금은 희경이가 어린 학생이지만 결국 나중에 어른이 될 테니 그때가 되거든 이 상자를 열어보렴. 이것은 너의 인생을 송두리째 바꿔줄 엄청난 비밀이 숨겨져 있는 상자란다.”

아버지의 한 손에는 자물쇠로 잘 봉인된 조그만 나무 상자가 있었고 다른 한손으로는 긴 줄에 걸려있어 목에 걸 수 있도록 된 열쇠를 들고 있었다.

“희경아. 이 상자는 우리 집 앞마당 화단 쪽에 묻어둘 테니 잊지 말고 잘 기억하렴. 아무에게도 말하면 안 돼!”

“응. 알았어, 아빠! 근데 이 열쇠목걸이 너무 예쁘다! 헤헤!”

“다른 사람이 묻거든 그건 그냥 열쇠 모양의 장식품이라고만 해.”

“알았어.”

어째서였을까? 아무튼 방파제 끝에 서서 넘실대는 파도를 바라보고 서 있던 그 순간 갑자기 지난날의 이 대화가 생각났던 것이다.

누나는 급하게 화단으로 달려갔다. 며칠간 너무 정신이 없어 의식하지 못했지만, 그 날 이후로 누나는 늘 그 목걸이를 목에 걸고 있었다는 것도 비로소 깨달았던 것이다.

희경 누나는 나무 상자를 묻어둔 화단으로 달려가 구석에 놓여있던 모종삽을 들고 정신없이 흙을 퍼냈다. 딱딱한 무언가가 그 자리에 있다는 것을 모종삽을 통해 손끝 신경으로 전해지는 감각으로 느낄 수 있었다. 흙을 퍼내는 동작은 더욱 빨라졌다. 그리고 비로소 누나는 그 상자를 꺼낼 수 있었다.

붙어있던 흙을 '후후' 불어 털어낸 뒤 긴장되는 마음으로 자물쇠 구멍을 향해 자신의 목에 있던 열쇠를 가져가기 시작했다. '찰칵' 구멍을 향해 열쇠가 들어가는 소리가 분명 희경 누나의 두 귀에 들려왔다. 콩콩콩콩 쉼 없이 뛰어대는 가슴을 진정시키고자 심호흡을 한번 하고서 열쇠를 시계방향으로 서서히 돌려보았다.

과연, 안에는 무엇이?

희경 누나는 그때만큼 긴장된 순간은 다시는 없을 것 같다고 말했던 것 같다.

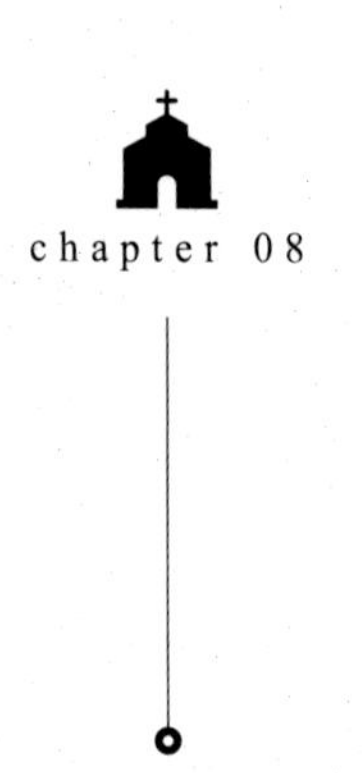

chapter 08

흰긴수염고래

"이런, 제에길!"

희경 누나가 외치는 소리에 나는 깜짝 놀라 누나 쪽을 바라보았다. 영석 회장과 혁준이 형 역시 놀라는 표정으로 성급히 누나를 향해 고개를 돌렸다. 하지만 박 선생님은 이미 희경 누나의 이야기에 깊이 빠져들었는지 테이블 위에 있던 냅킨으로 연신 눈물을 닦아내는 동작만 반복하고 있었다.

희경 누나의 이야기는 계속되었다.

"글쎄, 그 열쇠는 말이죠. 그 열쇠가 아니었어요."

"그게 무슨 말이야?"

혁준이 형의 물음에 희경 누나가 답했다.

"그 열쇠가 그 열쇠가 아니더라니깐. 다시 말해 상자가 안

열리는 거야. 우리 아빠가 평소에도 좀 덤벙대는 경우가 많았거든. 실수로 딸에게 엉뚱한 열쇠를 준 거지. 호호호!"

혁준 형과 영석 회장은 의아한 표정으로 계속 희경 누나를 바라보고 있었다. 박 선생님은 희경 누나의 이야기를 듣고 있는지 아닌지 어쨌든 여전히 정신없이 눈물만 닦아댔다.

이때쯤, 난 이야기의 방향이 어딘지 이상하게 흐를지도 모르겠다는 생각이 들었다. 누나는 나와 눈이 마주치자 한쪽 눈을 찡긋하며 윙크를 보내왔다.

그때, 갑자기 박 선생님의 목소리가 들렸다.

"이봐, 학생! 어서 다음 이야기를 좀 해봐!"

박 선생님의 얼굴은 그야말로 희경 누나의 슬픈 가정사에 심취되어 그 기구한 사연에 백이십 퍼센트 빠져들어 간 그런 표정이었다. 희경 누나는 이때를 놓치지 않고 가장 중요한 승부수를 던졌다.

"선생님! 저, 더 이상 이야기 못하겠어요. 너무 슬퍼서… 부모님 생각만 하면 저는 언제나…."

여기까지 말하던 희경 누나는 고개를 반대로 돌리고는 어깨를 조금씩 들썩이며 흐느끼기 시작했다. 누나의 이런 연기력은 그야말로 일품이었다.

이쯤 되면 두 가지는 확실하다.

희경 누나는 정말 대단한 사람이라는 것.

그리고 이 누나는 반드시 크게 되실 분이라는 것.

나는 약간 쓴웃음을 지으며 이 광경을 바라보았다. 박 선생님은 희경 누나의 이런 모습에 어쩔 줄 몰라 허둥대고 있었다. 자신의 괜한 요구가 한 소녀의 가슴 아픈 기억을 되살렸다는 것이 못내 미안했나 보다. 안절부절 어쩔 줄 모르던 박 선생님은 비로소 결심한 듯 희경 누나에게 말했다.

"학생! 내가 제자로 받아줄게. 더 이상 이야기하지 않아도 돼. 그 정도 인생스토리라면 이미 충분해. 자네의 삶이 담겨져 나오는 커피 한 잔은 그 무엇보다 진한 향을 내뿜을 것이 틀림없어. 학생은 이제부터 나의 제자가 되었으니까 그만 울고 이제 다시 마음을 편하게 가지렴."

박 선생님의 말이 끝나기가 무섭게 희경 누나는 돌아앉으며 눈물을 닦고 선생님을 향해 재차 확인 작업에 들어갔다.

"선생님. 정말이세요?"

"그럼, 정말이지. 암, 그렇고말고!"

"감사합니다! 정말 제 평생 이런 날이 올 줄은 꿈에도 몰랐어요. 제가 박 선생님의 제1번 제자가 되다니. 열심히 할게요, 선생님!"

지금 타이밍이야 말로 내가 희경 누나를 도와줄 수 있는 절호의 찬스라 생각하며 얼른 박수를 치며 분위기를 절정으로 몰아갔다. 그러자 내 옆에 있던 혁준 형과 영석 회장도 함께 박수를 쳐댔다.

"와! 브라보!"

"휘익~!"

혁준 형은 휘파람까지 불면서 기뻐했다. 영석 회장도 박 선생님에게 한마디 덧붙였다.

"선생님. 감사합니다. 분명 희경이는 열심히 잘 할 거예요."

박 선생님은 자신 앞에 놓인 커피 잔을 들고 한모금 들이킨 뒤 조심스레 희경 누나에게 물었다.

"근데, 자네 이름이 정확히?"

"양희경이예요!"

"아! 양희경. 희경 제자. 그래서 결국 어떻게 되었는지 좀 말해주면 안 될까? 물론, 너무 마음 아프면 안 해도 되고…."

박 선생님의 이 말에 희경 누나는 웃음을 머금으며 다음 이야기를 시작했다.

"열쇠가 맞지 않자 저는 어떻게 할까 고민을 했어요. 그러다 창고에 있던 공구상자를 가져와 거기서 망치를 꺼내 들었죠. 어차피 나무 상자니까 부숴버리면 되잖아요? 그래서 힘껏 나무 상자를 내리쳤죠. 우지끈 소리와 함께 상자는 산산조각이 나버렸고 그곳에는 어떤 종이가 네모반듯하게 접혀 있었죠. 사실, 처음에는 좀 실망했어요. 무슨 고액권 수표라도 들어있을 줄 알았거든요. 일단 저는 종이를 펼쳐보았죠. 그런데 그게 뭐였는지 아세요?"

누나의 말에 혁준 형이 가장 먼저,

"뭐였는데?"

희경 누나는 혁준이 형을 쳐다보며,

"보물지도!"

이 한마디에 잠깐의 정적이 흘렀다.

"그것은 바로 보물지도였어. 보물섬으로 향하는 방법이 적혀 있는…."

나는 박 선생님 쪽을 바라보았다. 혹시 자신을 농락했다고 화를 내지나 않을까 염려되었기 때문이다. 그런데 박 선생님은 의외로 미소를 지은 채 흥미롭다는 표정으로 희경 누나를 응시하고 있었다. 나는 속으로 안도의 한숨을 내쉬었다.

"배를 타고 소래마을 동쪽 바다를 향해 한참을 가다보면 심화도라는 섬이 나오는데 그 옆을 보면 소의 뿔을 닮은 우각바위라는 것이 나오고 그 우각바위에서 떠오르는 태양을 바라보고 있노라면 물기둥이 솟아오를 것이니 두려움 없이 그 기둥을 맞이하는 자에게는 황금의 보상이 있을 것이다."

희경 누나는 잠깐 자신의 커피를 한 모금 마시고 다시 말을 이었다.

“지도와 함께 적혀있는 메시지였어요. 지도에는 우각바위의 위치가 표시되어 있었구요. 소래마을은 바로 우리 마을의 이름이었어요. 솔직히 처음에는 허무해서 헛웃음만 나왔죠. 자기 딸에게 신신당부하며 주었던 것이 이 따위 장난 같은 찌라시였다니! 저는 사실 이 순간에야말로 정말로 죽으리라고 다짐했어요. ‘그래! 정 그렇다면 내가 우각바위 옆에서 죽어줄게. 이 내용대로 말이야!’ 뭐, 이런 생각이었죠.”

박 선생님, 혁준이 형, 영석 회장은 다시 조금 긴장되는 표정이었다. 이쯤 되면 누나의 이야기가 픽션이라는 것을 누구나 이미 알고 있겠지만, 누나의 능청스런 표정이 마치 진실을 이야기하는 것 같아서 나 역시 누나의 말 한마디 한마디에 내 몸속의 화학물질들이 요동치며 반응하고 있다는 것이 느껴졌다. 누군가가 꼴깍하며 침을 삼키는 것 같았다.

“그곳으로 가기 위해서는 배가 필요한데 다행히 배는 아버지가 남긴 한 척이 있었죠. 물론 빨간 딱지가 붙어있었지만, 밤에 몰래 출항시키면 누가 알겠어요? 저도 이제 죽겠다는 결심으로 출발하는 건데. 아무튼, 그렇게 배를 타고 지도에 나온대로 항해를 시작했죠. 늦은 밤 출발했는데 심화도를 지나 우각바위에 오고 나니 새벽 4시쯤이었던 것 같았어요. 사실 새벽에 혼자 배안에 있다는 것이 무척 무서웠죠. 배는 우각바위의 솟아난 뿔에 밧줄로 묶어놓고 저 혼자 노래를 부르며 배 안에서 시간을 보냈어요. 그러다가 저도 모르게 잠이 들었죠.

얼마나 지났는지, 어쨌거나 햇살이 얼굴을 간질이는 느낌 때문에 천천히 눈을 떴어요. 맞은편에는 태양이 막 떠오르고 있었죠. 이제는 그 수수께끼 같은 물기둥이 나타날 차례인 거죠. 하지만 그딴 건 없을 테니 그냥 제가 죽을 시간이 가까이 다가왔을 뿐. 그렇게 생각했어요."

이때, 가게 안의 전화가 요란스레 울렸다. 박 선생님은 얼른 달려가 전화코드를 뽑아버린 뒤 자리로 돌아와 눈짓으로 희경 누나에게 계속 이야기를 해달라는 메시지를 보냈다. 누나는 가벼이 고개를 끄덕이며,

"그런데 저 멀리서 정말 물기둥 같은 것이 솟아오르며 이곳 우각바위 쪽으로 오는 것이 아니겠어요? 저는 처음에는 눈을 의심했죠. 그런데 그게 점점 더 가까이 다가왔고, 저는 그만 깜짝 놀라 비명을 지르고 말았어요.

그것은 고래였어요. 더 자세히 말하자면 그때 제 느낌에는 아마도 '흰긴수염고래'였던 것 같아요. 직접 본적은 없었지만 어릴 적 그림책에서 보았던 기억이 있거든요. 아무튼

그렇게 느껴졌어요. 저는 이쪽을 향해 다가오고 있는 그 거대한 녀석을 좀 더 자세히 보고 싶어 갑판 쪽으로 나가보았죠. 정말 잊을 수 없는 웅장한 광경이었어요.

그런데 이 녀석이 갑자기 속도를 올리는가 싶더니 제가 있는 배에 '쿵!'하고 부딪히는 거예요. 그럴 줄은 정말 몰랐거든요. 제가 순간 휘청하며 균형을 잃고 바다 쪽으로 떨어지려는 찰나, 그 녀석이 점프를 하며 등으로 저를 받더니 다시 바닷물로 빠지자마자 속도를 더하며 급히 어디로 향하는 거 아니겠어요?"

원래, 이야기가 이쯤 되면 누군가 '뻥치시네!'라고 한마디 던질 법도 하다. 특히, 다분히 급한 성격을 갖고 있는 혁준이 형 같은 경우에는 이렇게 말하고도 남았을 사람이다.

그러나 지금은 거짓말 같이 희경 누나의 다음 이야기에 모두가 귀를 기울이고 있었다. 왜냐면, 이 누나의 이 이야기가 그 때는 정말 스펙터클한 한편의 영화처럼 다가왔기 때문이다.

희경 누나의 이야기는 계속되었다.

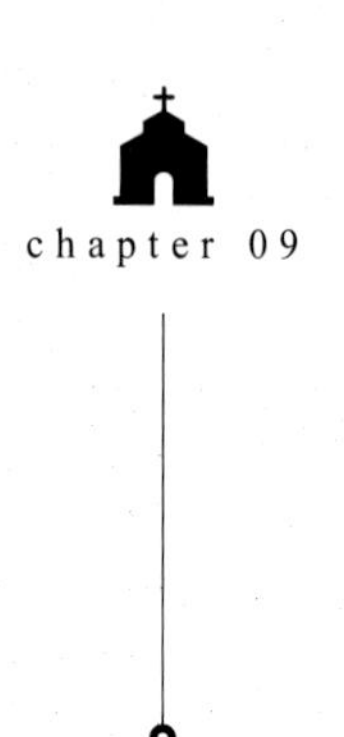

탐욕을 버려라!

"선배! 그 언니 너무 사랑스러워!"

서영은 이미 희경 누나에게 푹 빠진 것 같았다. 우리는 또 잔을 부딪히며 정종을 한 모금씩 들이켰다. 적당히 취기도 올라오는 것 같았다. 희경 누나의 이야기를 해서인지, 아니면 요리사의 솜씨가 좋아서인지 꽁치구이의 맛은 그 어느 때보다 일품이었다. 달콤한 양념이 목을 미끄러지듯 만지고 지나가는 느낌은 무언가 짜릿하다는 생각마저 들게 하였다.

"그래서, 그 고래를 타고 보물섬에 도착했다는 거야?"

"결과적으로는 그런 얘기지."

"하지만 고래 등이 미끌미끌할 텐데 어떻게 타고 있어?"

나는 서영의 질문에 피식 웃음이 나왔다. 이 이야기의 본질적인 성격을 다 알고 있음에도 불구하고 그때 그날의 박 선생님, 혁준이 형, 영석 회장, 그리고 지금 나의 후배인 서영이까지 다들 희경 누나의 고래 등 타기에 대해 진심으로 염려를 보인다는 점이 참으로 재미있게 느껴졌다. 사실, 나도 그런 사람 중 한 명이지만.

"누나의 말에 따르면 그건 신경 쓰지 않아도 된대. 자신이 어느 한 방향으로 기울기 시작하면 고래가 알아서 몸을 비틀어 다시 균형을 잡아준다고 하더라고. 한번은 등 뒤로 쭈욱 미끄러져 내려가서 순간 당황했는데 이번에는 고래가 꼬리를 튕겨서 누나를 다시 등 위로 올려주더래."

"아! 정말 나도 고래 등 타보고 싶다. 크크크."

서영은 잠깐 창밖을 바라보았다. 창밖에는 꽤나 두꺼운 코트를 입은 사람들이 성큼성큼 지나다녔다. 이젠 정말 겨울이 가까이 다가와 있었다.

"선배! 빨리 다음 얘기. 보물은 찾았어?!"

"아, 그래서 말야…."

내가 들었던 희경 누나의 다음 이야기.

희경 누나는 정확하지는 않지만 대략 3시간 정도를 고래의 등에 업혀 어디론가 향했다고 한다. 그러면서 앞을 보니 어떤 섬이 하나 보였고 고래는 희경 누나를 그곳에 내려 주고는 다시 사라져 버렸다.

"안녕! 고래야! 고마워!"

섬에 오르고 보니 그곳은 꽤나 더웠다. 희경 누나는 배도 고팠지만 무엇보다 목이 말라와 섬 안에 있는 우거 진 숲 속으로 과일이라도 찾아야겠다는 생각으로 성큼성큼 발을 옮겼다. 숲 속은 밀림과 같았다. '사사삭' 하는 소리에 돌아보면 원숭이가 지나가고, '푸드득' 하는 소리와 함께 한 무리의 새들이 날아올랐다. 희경 누나는 마음을 진정시키며 조금씩 조금씩 숲 속의 깊은 곳으로 향했다.

얼마나 걸었을까. 희경 누나 앞에 보는 것만으로도 갈증이 해소될 듯한 시원하고 굵은 물줄기가 엄청난 소리를 내며 흘러내리는 멋진 계곡이 나타났다. 희경 누나는 얼른 그곳으로 달려가 정신없이 물을 마셨다. 그러던 중 누나 옆으로 다가와 함께 물을 마시는 무언가가 있다는 것을 깨달았고 얼른 고개를 들어 옆을 보니 그곳엔 커다란 사슴 한 마리가 있었다.

순진한 눈, 하늘을 향해 뻗어 있는 나뭇가지처럼 생긴 뿔, 흰색 털과 갈색 털이 섞여있는 매혹적인 이 동물의 자태에 첫 눈에 반해 버린 희경 누나는 감동의 탄성을 자아냈다.

"우와! 사슴이다!"

사슴은 희경 누나를 빤히 쳐다보더니 이내 숲속으로 사라져갔다.

"기다려!"

희경 누나는 그런 사슴의 뒤를 쫓기 시작했고 사슴은 더욱 빨리 달아났다. 희경 누나가 아무리 열심히 달려도 숲에서 사슴을 따라간다는 것은 불가능한 일이었다.

그렇게 한참 달리다가 멈춰 서서 숨을 고르고 있었는데, 한참을 그렇게 숨을 고르다 고개를 들어보니 그곳에는 오래전에 만들어진 것으로 보이는 나무로 지어진 몇 채의 집이 있었다. 성한 곳은 하나도 없었다. 이미 아무도 살지 않는 곳으로 아마도 아주 오래전 이곳 원주민들이 살았던 곳이 아닐까 하는 짐작만 할 따름이었다. 누나는 그 중 가장 커 보이는 집 안으로 들어갔다.

안에는 별다른 것이 없었다. 아마도 과일 같은 것을 담는 용도로 쓰인 듯한 바구니가 하나 덜러덩 굴러다니고 있었다. 그 옆에는 의자로 쓰였을 것으로 생각되는 네모진 돌이 몇 개 놓여있다. 누나는 다시 그곳을 나와 과거 원주민 마을을 둘러보았다. 그렇게 그곳을 둘러보고 있을 때 갑자기 무언가 누나의 어깨를 '툭!' 치고서는 '휙!' 하고 지나가는 것이 아닌가?

"엄마야!"

깜짝 놀라며 그것의 정체를 확인 하려 한 순간, 그것은 옆에 있던 나무집 꼭대기까지 순식간에 올라가 '끼익끼익' 소리를 질러대고 있었다. 하얀 털로 뒤덮인 원숭이였다. 그런데 그 원숭이의 한쪽 손에서 반짝이는 무엇인가 보였다. 누나는 그것을 유심히 쳐다보았다. 원숭이가 들고 있는 반짝이는 무언가는 바로 진귀한 보석이라는 것을 느낄 수 있었다. 아직 가까이 보지는 않았지만 다이아몬드처럼 생긴 무언가가 태양에 반사되어 반짝거리는 것임에 틀림없다.

'그렇다면, 분명 이 섬에 저런 보석들이 있다는 건데…'

이런 생각을 하던 찰라 원숭이는 어딘가로 사라져 버렸다.

"에고! 가버렸네! 그건 그렇고 이젠 배가 고파서 더 이상은 못 움직이겠다."

그렇게 혼잣말과 함께 털썩 주저앉았는데 바로 그때 계곡에서 만났던 사슴이 다시 나타나 희경 누나에게 다가 왔다. 희경 누나는 사슴을 바라보며 은근한 미소와 함께 사슴의 머리를 쓰다듬었는데 사슴은 희경 누나 옆에서 몸을 웅크리더니 고갯짓을 하며 자신의 등 뒤로 올라타라는 듯한 시늉을 하였다. 누나는 처음에는 순진한 눈을 가진 이 동물의 의도를 몰라 어리둥절하였으나 뒤늦게 그 뜻이 짐작되어 조심스레 사슴의 위로 올라탔다. 사슴은 쏜살같이 달려 높은 언덕으로 올라갔다. 그곳에는 형형색색의 다양한 과일들이 열린 나무들이 있었다. 그리고 그곳은 섬을 한눈에 바라다 볼 수 있도록 탁 트여 있었다. 워낙 열매가 주렁주렁 열린 곳이다 보니 땅에 떨어져 있는 열매만 해도 상당히 많았다.

희경 누나는 바나나와 그 밖에 어디서 본 듯하지만 정확히 이름을 알지 못하는 몇 가지 열대과일들을 손쉽게 주워서 먹을 수 있었다. 그리고 섬의 경치를 즐겼다.

그야말로 절경이었다.

"사슴아! 고마워!"

누나는 사슴을 향해 배시시 웃었다. 이때, 뒤에서 누군가의 목소리가 들려왔다.

"고맙긴 뭐가 고마워!"

누나는 깜짝 놀랐다. 목소리는 분명 누나의 등 뒤에서 들렸다. 깜짝 놀란 희경 누나는 뒤를 돌아보자 좀 전의 그 원숭이가 한 손으로 보석을 위아래로 던졌다받았다를 반복하면서 건들거리는 듯한 자태로 서서 누나를 바라보고 있는 것이 아닌가.

'설마! 원숭이가 말을?!'

누나는 눈을 휘둥그레 뜬 채 원숭이를 바라보았다. 원숭이는 얼굴을 찡그리며 누나에게 말했다.

"이봐! 뭘 그렇게 쳐다 봐! 말하는 원숭이 처음 봐?!"

"엄마야!"

누나는 깜짝 놀라 그만 뒤로 자빠져 버렸다. 세상에 말하는 원숭이가 있다니! 이 원숭이에게 시가라도 준다면 '고맙네, 친구. 자넨 역시 센스가 넘쳐.'라고 말하며 한 대 맛있게 피워댈 기세였다.

"흠흠, 뭐 놀라는 것도 무리는 아니겠지."

"워, 원숭이 님! 어, 어떻게 마, 말을 하실 수 있으세요?"

보석을 든 원숭이는 잠시 뜸을 들이더니 이야기를 시작했다.

"자네는 이 섬에 들어온 약 1000번째 사람쯤 될 거야. 나는 이곳에서 산지 약 오백, 아니 육백 년 정도 됐지."

"네?! 육백 년을 어떻게 살아요?!"

흰 털 원숭이는 희경 누나를 보면서 잠깐 자신의 얼굴을 찡그렸다가 다시 말을 이어나갔다.

"나는 지금으로부터 약 600년 전 사람들이 한참 바다로 향하며 신대륙을 발견하려는 욕망으로 들끓던 대항해시대 때 이름을 날리던 해적 '존 클라크'라네!"

"존 클라크?"

"그렇지. 우리는 전 세계 바다를 주름잡던 해적으로서 당시 영국 군함들조차 우리의 깃발을 보면 꼬랑지를 내리고 도망치기 바빴지. 그렇게 바다를 누비며 살던 어느 날 바로 이곳, 지금 너와 내가 있는 이 섬으로 들어오게 된 거야."

이렇게 말하던 흰 털 원숭이는 잠깐 나무 위로 올라가 가장 잘 익은 것처럼 보이는 바나나를 한다발 따서 내려왔다. 그리고 희경 누나에게 건네주었다.

"먹으면서 하자구."

"아! 네네! 감사합니다."

한참 바나나를 맛있게 먹던 흰 털 원숭이는 다시 자신의 과거를 이야기했다.

"그때, 이 섬엔 수많은 원주민들이 살고 있었지. 처음부터 우리와 이 섬의 원주민들이 사이가 나빴던 것은 아니었어. 우리가 가져온 술을 함께 나눠 마시며 섬에서 휴양을 즐기던 어느 날, 우리는 이곳 원주민들과 누가 더 용맹한지에 대한 내기를 하게 된 거야.

분명, 처음에는 재미로 시작한 것이었어. 뭐, 종목은 절벽에서 바다로 뛰어내리기, 맨손으로 멧돼지 사냥하기, 뱀을 산채로 잡아 씹어 삼키기 등이었지. 하지만 남자들이라는 게 그렇듯 하루하루 게임이 진행될수록 서로의 감정은 점점 격해져 갔어. 그러다 우리 해적단 중 누군가와 이곳 원주민 중 한 명이 서로 말싸움을 하게 되었고, 그것이 주먹싸움으로 번져 결국에는 살인이 난무하는 살육의 현장이 되어버렸어.

진짜 싸움이 시작되자 원주민들은 우리의 상대가 되지 못했지. 왜냐하면, 우리는 그들보다 우월한 무기를 가지고 있었으니까. 총을 갖고 있던 우리들에게 있어 기껏해야 활이나 창을 가진 그들은 어린아이나 다를 바 없었고, 결국 흥분한 우리 해적단원들로부터 원주민들은 모두 남김없이 죽임을 당했지.

이때 마지막에 죽어간 원주민이 부두교 여사제인 주술사 노파였어. 나는 이 노파를 죽이기 위해 칼을 들고 다가갔고 이 노파는 알아들을 수 없는 주문을 읊조리더니 손에 들고 있던 나무 그릇에 담긴 알 수 없는 액체를 내게 뿌렸지. 나는 왼손으로 초록빛깔 액체를 막으며 오른손의 칼을 이용해 주술사 노파의 심장을 찔렀어."

희경 누나는 갑자기 원숭이가 무서워져 순간 몸을 뒤로 뺐다. 그때 등 뒤에 딱딱한 무언가가 닿는 느낌이 들었는데 그것은 사슴의 뿔이었다. 희경 누나를 이곳까지 데려온 사슴이 희경 누나의 뒤에 있었던 것이다.

"너무 놀라지 않아도 돼. 이젠 힘없는 원숭이에 불과하니까."

여자 목소리였다. 이 섬의 동물들은 어떻게 된 일인지 사슴도 말을 하고 있었다.

"엄마야!"

희경 누나는 또 한 번 크게 놀라지 않을 수 없었다.

"사, 사슴 님도 마, 말을 하는군요."

"호호호. 나도 존 클라크의 배를 타고 다녔던 해적이었거든. 유일하게 나만 여자 선원이었지."

이때 흰 털 원숭이 존 클라크가 끼어들었다.

"흥! 저 년이 레즈비언이라는 소문을 듣고 배에 태웠는데, 태우고 났더니 온갖 풍기문란을 저지르고 다녀서! 쯧, 쯧, 쯧!!"

"뭐야?! 이봐! 클라크 선장! 네놈이야말로 내게 와서 잘 해보자느니, 부선장을 시켜주겠다느니, 별이 참 아름답게 빛난다느니, 온갖 유치한 말들을 늘어놓고서는 이제와서 뭐가 어쩌고 어째?!"

"뭐?! 난 그런 말을 한 기억이 없어! 이 발정 난 암캉아지야!"

"호호, 축 늘어져 잘 서지도 않는 물건 가지고 어딜 들이대?! 난 합법적으로 엔조이한 것뿐이라고! 내가 무슨 네놈 와이프라도 된다고 생각하는 거야, 지금?"

"뭐?! 이년이 뚫린 입이라고!"

"번데기 물건 달고 다니는 주제에 남자다운 척 하기는!"

이 광경을 보던 희경 누나는 나직이 속삭였다.

"어, 어쩌지?! 이러다 원숭이와 사슴의 처절한 결투를 보게 되겠는걸?!"

누나는 원숭이와 사슴 사이로 슬며시 들어와 떨리는 목소리로,

"그, 그만들 하세요. 이미 지난 일들 가지고 왜 이렇게 다투세요? 그냥 대화로 해요. 대화로…."

"흥! 네년은 언제 봐도 정 떨어지는 짓만 한다니까!"

"하여간 꼭 실속 없는 것들이 말은 많아요, 번데기!"

이렇게 말함과 동시에 사슴이 희경 누나를 바라보며,

"이봐! 너가 나 대신해서 이 원숭이를 향해 가운데 손가락 펴 보여줘!!"

"네?! 호호호호. 어떻게 제가 감히 원숭이 님께…."

목사님을 향해서 과감하게 욕설의 의미를 담은 제스처를 선보였던 희경 누나도 흰 털 원숭이 앞에서는 감히 그러지 못했다.

"그보다, 원숭이 님. 그래서 어떻게 되셨나요?"

"아, 그렇지. 참! 하여간 끼어들지 마, 레제!"

"이름이 레제인가요?"

희경 누나는 사슴을 바라보았다.

"호호호호! 피도 눈물도 없는 잔인한 여 해적 핏빛장미 레제! 사람들은 나를 그렇게 불렀지. 느낌 있지?"

"흥! 그래봤자 레제는 납작가슴이었어!"

"아니, 뭐야?! 번데기 주제에!"

또다시 원숭이와 사슴간의 분위기는 살벌하게 변하고 있었다.

"자, 잠깐만요! 다들 좀 진정하시구요, 계속 싸우려고만 하시면 어떡해요?"

원숭이와 사슴은 서로 못마땅한 표정으로 고개를 반대로 돌려버렸다.

"흠! 그래서 내가 부두교 주술사 노파를 찔렀는데 그 노파의 피가 나의 얼굴에 튀었지. 노파는 아주 음침한 미소를 보이며 알 수 없는 어떤 주문을 계속 외우다가 그렇게 죽어갔어. 나는 얼른 손에 잡히는 어떤 천 조각 같은 걸로 왼 팔뚝에 묻은 초록빛깔 액체와 내게 튄 노파의 피를 닦아내었지. 그리고 뒤를 돌아 선원들을 바라보며 외쳤어. '우리가 이 섬을 점령했다! 승리의 술판을 벌이자!'라고 말이지! 모든 선원들은 환호하며 우리는 대낮부터 미친듯이 마셔대기 시작했지. 그리고 저녁 즈음에는 다들 만취해서 곯아떨어져 버렸어."

존 클라크 선장이 여기까지 말하자 이번에는 핏빛장미 레제가 말을 이어나갔다.

"문제는 이제부터야! 나는 그날 럼주를 별로 마시지 않앉어. 그보다 난 이 섬의 아름다움에 더 취해 있었거든. 적당히 한두 잔 기울이던 나는 지금 우리가 있는 여기, 섬의 경치를 한 눈에 조망할 수 있는 바로 이곳에 올라와 혼자서 자연이 주는 아름다움에 취해 있었지.

그런데 갑자기 선원들의 비명소리가 들리지 않겠어? 무슨 일인가 싶어 얼른 술판이 벌어졌던 곳으로 다시 달려왔는데 이곳에서 엄청난 살육이 또 한 번 일어나고 있었어. 그것도 존 클라크가 자신의 선원을 모조리 죽인 것이지."

희경 누나는 입이 쩍 벌어진 채로 흰 털 원숭이를 바라보았다. 흰 털 원숭이 존 클라크는 아까 나무에서 따온 바나나의 껍질을 벗겨내면서 심각한 표정으로 이야기했다.

"그것이 부두교 주술사의 저주였어. 나는 아무런 의식이 없었거든. 즉, 우리 모두는 술에 곯아떨어져 잠들었는데 나만 마치 몽유병 환자처럼 칼을 들고 돌아다니며 자고 있던 선원들을 한 명씩 찔러댄 거야. 그 모습을 레제가 목격한 거지. 아무리 핏빛장미 레제라고 해도 그 모습을 보았을 때 그녀의 가슴이 순간 철렁하고 내려앉는 듯했겠지. 지금 생각해도 참으로 미안해. 안 그래도 충분히 내려앉아 있는 가슴인데 말야!"

"호호호호! 물론 제정신이 아닌 상태로 무언가에 홀린 듯 자기 선원들을 마구 죽여대는 그 모습을 보고 있노라니 순간 아찔한 느낌이 들었던 것은 사실이야. 하지만 난 금방 평정심을 유지할 수 있었지. 왜냐면 오만상을 찌푸리며 위협하려드는 살인마가 사실은 어린애들에게나 어울릴 법한 번데기 물건을 가지고 있다고 생각해봐. 얼마나 웃기니? 인생이란 건 언제나 이런 식의 딜레마인걸까? 호호호호!"

희경 누나는 또 분위기가 얼음장같이 차가워질까 봐 염려하였으나 다행히 이번에는 둘 사이에 더 이상의 감정격화는 없었다.

결국, 이들의 이야기는 자기들(해적단)이 이 섬에 들어와 이곳의 원주민들을 말살했고, 이곳 원주민들이 믿는 신을 모시는 여사제가 주문을 외우며 물약과 자신의 피를 통해 해적단의 선장인 존 클라크에게 저주의 주술을 걸어서 그 스스로 자신의 선원들을 도륙하게 만들었다는 그런 것이었다.

"그런데 그러면 두 분은 어떻게 지금 원숭이나 사슴이 되어있나요?"

희경 누나의 질문에 레제가 답했다.

"클라크 선장은 주술에 빠져 몽유병 환자처럼 칼을 들고 돌아다니며 자고 있던 선원들을 마구 죽이고 있었지. 사실 내가 갔을 때는 이미 살아 있는 선원들은 한두 명 밖에 되지 않았고, 그마저도 내가 손 쓸 틈도 없이 무참히 살해당해버렸어. 물론 나도 처음에는 너무 두려웠는데 아까도 말했지만 그래봤자 저 괴물의 물건은 번데기같이 생겨먹었다는 것을 상상하며 평정심을 되찾았지. 호호호!"

"흥! 저런 음탕한 납작가슴 얘기는 별로 믿을 게 못되니 너무 말 그대로 받아들이지는 마!"

레제는 계속 말을 이어나갔다.

"어쨌든 클라크와 나는 치열한 칼싸움을 시작했어. 클라크와 눈이 마주친 순간 주술에 걸린 미친 선장이 온갖 위협하는 표정을 지으며 달려오는 거 아니겠어? 나도 내가 가지고 있던 칼을 뽑아 상대하지 않을 수 없었던 거야.

당시 유명 해적이었던 존 클라크의 칼 솜씨는 보통이 아니었다는 것만은 인정하지 않을 수 없었어. 시간이 흐를수록 승세는 클라크 쪽으로 기울고 있었지. 나는 이대로 가다가는 다른 선원들처럼 개죽음이 되겠다 싶어서 좀 비열하지만 할 수 없이 몸을 엎드려 모래를 한 움큼 쥔 뒤 재빠르게 몸을 일으키며 클라크의 얼굴을 향해 힘껏 던졌지. 클라크 선장은 '악! 눈이!'하고 외치더니 비틀대면서 한손으로 정신없이 눈을 비벼댔지. 다른 손에 있던 칼이 방향을 잃고서 이리 저리 방황하던 찰나 나는 거리를 좁히며 질풍처럼 파고들어가 클라크의 가슴을 온 힘을 다해 찌르고는 '이겼다!'고 생각했어.

하지만 바로 그때 클라크의 칼이 나의 옆구리를 파고들어왔지. 결국 우리는 서로 뒤엉켜 그 자리에서 쓰러졌고 오래지 않아 둘 다 숨이 멎었어."

레제는 한 숨을 쉬며 억울하다는 듯 앞발을 바닥에 탁, 탁 쳐대었다. 그리고 다시 말을 이어나갔다.

"영혼과 육체가 분리되는 그런 느낌이 들더니 내 눈앞에는 나와 클라크의 시체가 뒤엉켜져 쓰러져 있는 모습이 보였고, 그 옆에는 클라크의 혼령이 보였지. 클라크의 혼령이 내게 묻더군. '어떻게 된 거지?'라고 말야! 난 '나도 모르지, 이 미치광이 살인마야!'라고 일갈했는데 그때 갑자기 우리의 혼령이 어디론가 빨려 들어가더니 클라크는 원숭이로, 나는 사슴의 몸으로 들어가게 된 거야."

여기까지 듣고 있던 클라크가 입을 열었다.

"아마도 부두교 주술사의 저주가 이렇게 만든 것 같아. 죽어도 죽을 수 없게 말이야. 레제가 저렇게 된 것은… 어디까지나 나의 추측이긴 하지만 아까 말했듯 레제와 나는 서로 혈투를 벌이다 죽어갔지. 그때 저주받은 나의 피가 레제의 피와 섞이면서 나의 저주가 그녀에게도 옮아가버린 것 같아. 아무튼 우리는 그렇게 죽지도 못한 채 동물의 몸속에 들어가 지금까지 살고 있는 거지."

"그런데 원숭이나 사슴도 죽잖아요?"

희경 누나가 물었다.

"그렇지! 문제는 죽으면 같은 과정이 반복되는 거야. 나 같은 경우는 살아있는 다른 원숭이에게로 계속 옮겨 다니는 거지."

"그럼 저주를 풀 수 있는 방법은 없나요?"

"음. 뭐 딱히 그런 건…."

클라크가 말을 희미하게 끝맺으려는 때 레제가 말했다.

"아니! 어쩌면 한 가지 방법이 있을 수도 있지."

희경 누나와 클라크는 함께 레제를 바라보았다.

"우리가 원주민들과 잠시나마 사이가 좋았던 때, 그 주술사 노파가 내게 했던 얘기가 있어. 자신의 저주는 매우 다양하고 강력하지만 그 저주의 주술을 푸는 방법은 언제나 한가지라고 말야. 그것은 저주에 걸린 사람이 자신의 이기적 탐욕을 버리고 진정으로 다른 사람을 위하는 사람으로 거듭날 때 비로소 저주가 사라진다는 것이었어. 하지만 그런 사람은 이 세상에 없으니 결국 자기의 주술에 한번 걸리게 되면 아무도 헤어나오지 못할 거라며 음흉한 웃음을 지으며 내게 얘기한 적이 있어."

"탐욕을 어떻게 버리죠?"

희경 누나가 물었으나 아무도 쉽게 답하지 못했다.

잠시 후 희경 누나가 배시시 웃으며 허를 찌르는 말을 했다.

"아까, 클라크 선장님 손에 보석을 들고 다니시던데 그거 저를 주면 될 것 같아요!"

클라크는 깜짝 놀라며 외쳤다.

"흥! 웃기지 마라! 이게 어떻게 얻은 보석인데! 지금 궤짝에 들어있는 보석도 어디에선가 열쇠를 잃어버리는 바람에 열지를 못해 답답할 지경인데 이마저도 네게 줘버리면 내 평생 해적 인생에 남는 게 아무것도 없다구! 절대 안 된다! 난 이래봬도 당대를 주름잡던 해적 존 클라크라구!!"

이때, 레제가 앞발로 바닥을 탁, 탁 때리며 말했다.

"그거 묘책이네! 이봐, 당신 보물을 몽땅 이 여자애에게 줘버려. 사실 원숭이가 보물 들고 다녀봤자 무슨 소용이 있어? 당신의 그 보물에 대한 집착이 그 주술사가 말했던 어리석은 탐욕임에 틀림없어!"

희경 누나는 빙그레 웃으며 혼자 생각했다.

'이걸로 다시 돌아가 대출금 갚으면 되겠다. 호호호호!'

방금 레제가 한 말에 클라크는 잠시 생각에 잠기는 듯했다. 이내 결심한 듯,

"좋아! 날 따라와!"

하더니 난파된 배가 있는 쪽으로 휙하고 먼저 가버렸다. 레제와 희경 누나는 얼른 흰 털 원숭이 클라크를 쫓아갔다. 배의 갑판으로 올라가보니 배의 아래층으로 내려가는 나무 사다리가 있었다. 클라크를 따라 내려가니 그곳은 과거 배의 창고로 쓰였음직한 곳이었다. 희경 누나가 내려온 사다리가 걸려있는 네모반듯한 구멍에서 들어오는 태양빛만이 어두컴컴한 이곳을 부분적으로나마 밝혀주고 있었다. 사다리를 타고 내려갈 수 없는 사슴 레제는 밖에서 얼굴만 안으로 들이민 채 바라보고 있었다. 클라크는 네모난 궤짝 위로 올라가 말했다.

"이것이 그동안 모아둔 보물이 담겨있는 보물 상자야!"

상자 주변에는 몇 개의 작은 보석들이 떨어져 있었고 상자는 큰 자물쇠로 굳게 잠겨있었다.

"자, 네게 줄 테니 알아서 가져가든지 말든지!"

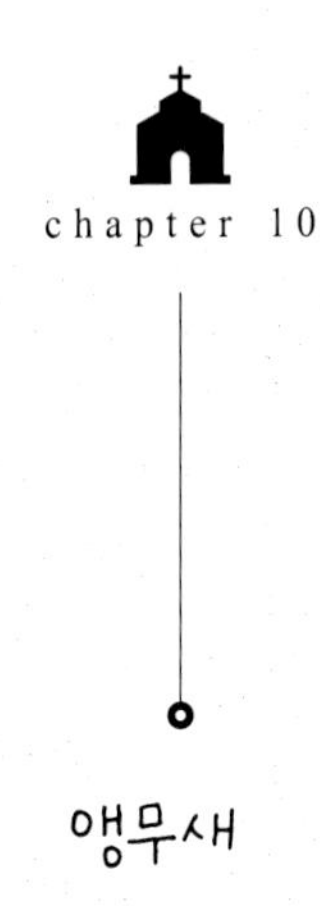

앵무새

우리 모두는 침을 꼴깍하고 삼켰다. 나, 혁준이 형, 영석 회장, 그리고 박 선생님까지 그 이후의 사건전개가 무척이나 궁금하였다. 이쯤 되자 희경 누나는 등을 뒤로 기댄 채 거드름피우는 표정으로 박 선생님을 향해,

"선생님. 커피 한잔 더 마실 수 있나요?"

라고 말했고 선생님은 기꺼이 자리에서 일어나 아까 만들어 두었던 커피를 한잔 더 가져왔다.

"희경 제자, 그래서 그 다음은?"

"처음에는 무척이나 난감했어요. 상자는 너무 무거워서 꿈쩍도 하지 않았거든요. 온 힘을 다해 옮겨보려 했지만 저의 힘으로는 도저히 불가능했죠. 이 모습을 보고 있던

존 클라크는 히죽 히죽 웃으며 재미있다는 듯 저를 조롱하듯 바라보았죠. 그런데 갑자기 클라크가 깜짝 놀라는 거예요."

"깜짝 놀라?"

혁준이 형이 추임새를 넣듯 물었다. 희경 누나는 그 쪽을 바라다보며,

"응, 깜짝 놀라더라니까. 클라크가 놀란 이유는 바로 내 목에 걸려있던, 아버지가 주셨던 열쇠목걸이 때문이었어! 내가 상자를 옮기려고 끙끙대다가 보니 내 목에 걸려있던 열쇠목걸이가 옷 밖으로 흘러나왔던 거지. 클라크는 나를 보고 두 눈을 번쩍 뜬 채, '이, 이것은 내, 내가 잃어버렸던 바로 그 열쇠야! 이 상자를 여는 그 열쇠 말야!' 하고 목청껏 소리 지르더라구. 귀 떨어지는 줄 알았어, 정말."

"그럼 그 열쇠가 바로 보물 상자를 여는 열쇠였던 건가?"

박 선생님이 흥미롭다는 듯 웃으며 물었다.

"네. 저도 깜짝 놀랐어요. 열쇠를 자물쇠에 넣었더니 부드럽게 쏘옥 들어가는 거 아니겠어요? 오른쪽으로 손을 돌렸더니 철컥 소리를 내면서 자물쇠가 열렸지요."

희경 누나는 커피를 한 모금 마시더니 말을 이었다.

"그 안에는 그야말로 진귀한 금은보화가 가득 들어있었어요."

그리고 희경 누나의 이야기는 계속되었다.

"이것은, 이것은 바로 이 상자의 자물쇠를 여는 그 열쇠야! 이것이 어떻게 네게 있지?!"

"네? 이건 저희 아버지가 주신 열쇠인데요."

"오오! 세월이 흘러 흘러 이 열쇠가 돌고 돌아 다시 이곳으로 왔구만!"

갑판 위에서 얼굴만 넣고 바라보던 레제도 깜짝 놀라기는 마찬가지였다. 희경 누나는 그것을 나무 상자의 자물쇠로 가져가 집어넣었고, 손을 살짝 돌리자 둔탁한 철 소리를 내며 잠겨있던 자물쇠가 풀렸다. 상자를 열어본 희경 누나는 놀라지 않을 수 없었다. 그곳에는 누가 봐도 값나가는 물건과 보석들이 가득했기 때문이다.

"이야! 클라크 선장님. 이게 다 선장님이 모은 보물들인가요?!"

"허허허허! 내가 잘 나가던 해적이었다니까!"

클라크의 의기양양한 표정은 참으로 볼만한 것이었다. 이때, 레제가 말했다.

"클라크! 그 보물들이야말로 당신이 얼마나 탐욕스러운지를 잘 보여주는 증거에 지나지 않아요. 이제 그 보물들을 이 아이에게 모두 줘버려요!"

클라크는 양미간을 찌푸렸다. 하지만 이내,

"흐음, 너에게 모두 주는 게 좋을 것 같아. 어차피 탐욕을 버려야만 나의 저주가 풀릴 테니 말야!"

하지만 희경 누나로서는 도무지 그 보물을 옮겨갈 재간이 없었다. 이내 클라크의 볼멘소리가 들려왔다.

"이런 젠장! 이건 뭐, 주려고 해도 줄 수가 없으니! 난 영원히 저주받은 삶을 살아야 하는 운명인 거야?! 그 빌어먹을 주술사 할멈! 내 반드시 찾아서 다시 한 번 죽여 버릴 테다!"

이때 희경 누나가 손뼉을 치며 말했다.

"클라크 오빠! 그리고 레제 언니!"

붙임성이 좋은 희경 누나에게 이들은 어느새 오빠나 언니로 불리는 존재가 되어 있었다.

"내게 좋은 생각이 있어요."

원숭이 클라크와 사슴 레제는 두 눈을 크게 뜨고 희경 누나를 바라보았다. 희경 누나는 계속 말을 이었다.

"이 보석들을 원숭이들에게 주는 거예요!"

"원숭이?"

클라크와 레제는 동시에 희경 누나를 향해 되물었다.

"네! 원숭이! 아까, 클라크 선장님이 보석 가지고 다녔잖아요. 어쩌면 이건 원숭이들에게 좋은 장난감이 될지도 몰라요!"

"흠…. 그러고 보니 일리가 있어. 내가 그 녀석들한테 가져가라고 말하면 그 녀석들은 뭔지는 몰라도 들고 다니면서 갖고 놀겠지. 어차피 누가 됐든 난 탐욕의 상징인 이 보물들을 주기만 하면 되는 거 아니겠어? 되든 안 되든 해보는 거지."

듣고 있던 레제가 말했다.

"일리가 있어요. 물론 나도 사슴들에게 가져가라고 이야기 할 수는 있겠지만 걔들은 못 가져갈 테고… 그래도 원숭이들은 사슴과는 좀 다르겠죠."

"좋아! 그럼 내가 금방 다녀올 테니 좀 기다리라구!"

이렇게 말한 흰 털 원숭이 클라크는 어딘가를 향해 쏜살같이 사라졌다. 그 사이에 희경 누나는 자신의 주머니에 값나가는 작은 보석 몇 개를 집어넣었다.

"호호호! 좋아! 이걸 팔아서 빚을 갚고… 혹시 집도 살 수 있으려나?! 호호호호."

오래지 않아 클라크가 다시 돌아왔다.

"이봐! 이제 곧 원숭이들이 모여들 거야. 여기 있으면 정신없을 테니까 일단 여기서 나가 저 언덕 위에서 지켜보라구!"

클라크, 레제, 희경 누나는 그렇게 배 밖으로 나와 동쪽으로 보이는 언덕으로 올라갔다. 잠시 뒤, 끼익끼익 하는 소리를 내며 수십 마리의 원숭이 떼가 몰려왔다. 이 모습을 본 희경 누나는 순간 오싹한 기분이 들었다. 막상 수십 마리의 원숭이 떼를 보니 너무도 무서웠다.

"걱정할 것 없어! 다 내 오랜 친구들이니까!"

클라크가 작은 손으로 희경 누나의 등을 토닥이며 말했다. 원숭이 떼들은 배 안으로 들어가 저마다 한 손에 보물들을 쥐어들고 나왔다. 그것이 무엇인지 알지는 못하겠지만 반짝이는 돌을 보면서 신기해하는 듯 보였다. 어떤 원숭이들은 하나의 보석을 놓고 서로 다투기까지 했다. 반짝 반짝 빛나는 돌이 여간 마음에 드는 게 아니었나보다.

어쨌든, 그렇게 한 무리의 원숭이 떼가 휩쓸고 지나간 뒤 희경 누나를 비롯한 3명은 다시 배 위로 올라와 사다리를 타고 갑판 아래로 내려갔다. 물론, 레제는 갑판 위에서 얼굴만 삐죽이 넣은 채 바라보고 있었다.

"흔적도 없이 사라졌구만!"

클라크가 말했다.

"이렇게 하고 나니까 차라리 속이 더 편한 거 같아요, 클라크."

레제가 클라크를 향해 말했다. 희경 누나는 주머니에서 보물 지도를 꺼내 빈 상자에 넣은 뒤 다시 자물쇠를 잠갔다.

"이젠 보물도 없으니 이 지도는 상자 안에 이렇게 봉인해 둘게요."

"그런데 왜 저주가 안 풀리는 거지?"

클라크의 말처럼 그들은 여전히 원숭이와 사슴 그대로였다.

"제가 기도라도 해볼까요?"

희경 누나가 말했다.

"너도 그럼 주술사 같은 거니?"

레제가 물었다.

"그건 아니구요. 그냥 교회 다녀요!"

"아, 우리 시절에도 교회라는 곳이 있었지. 물론 난 그런 곳에 발도 들이지 않았지만."

"나도 생각해보니 교회 다니던 남자를 사귀었던 적이 있는 것 같아. 물론 그 이후 지루하기만 한 그런 남자는 차버리고 해적이 되어 여기 저기 돌아다니는 모험을 시작했지만…. 호호호. 지금 생각해봐도 그건 잘한 일인 것 같아!"

"어쨌든요, 클라크 오빠, 레제 언니. 저주는 풀어야 할 거 아니에요?"

"하하하하! 좋다. 그럼 너가 주문을 외어봐!"

클라크의 말에 희경 누나가 발끈하며 대답했다.

"그런 거 아니라니깐요! 아무튼 눈을 감아보세요!"

"잠깐!"

레제가 희경 누나를 향하여 물었다.

"그런데 넌 다시 너가 살던 곳으로 돌아갈 방법이나 있는 거니?"

희경 누나는 그제서야 그 문제를 깨달은 것 같았다.

"아, 아뇨!"

레제가 예상했던 대답이라는 듯 고개를 끄덕이더니 웃으며 말했다.

"그럼, 나중에 석양이 질 때쯤 저기 보이는 나무 위에 올라가 너가 가장 아름답다고 생각하는 노래를 불러보렴."

"네? 그게 무슨 말씀이에요?"

"그렇게 해보면 알 거야. 그건 그렇고 기도 안 해주니?"

"아! 네네. 그럼 다들 눈 감아보세요."

그렇게 희경 누나의 기도는 시작되었다. 기도의 내용은 언제나 그렇듯 우리들의 죄를 사하여 주시는 하나님을 믿어 의심치 않는다는 그런 것이었다. 그렇게 열심히 기도를 마친 희경 누나는 눈을 떴다. 원숭이와 사슴이 희경 누나를 보더니 깜짝 놀라며 뒤돌아 도망치기 시작했다. 그들의 행태를 보았을 때 아까와는 딴판이었다.

그들은 진짜 원숭이와 사슴이었다. 사람을 보고 도망치

는 그냥 한 마리의 동물에 지나지 않았다. 희경 누나는 그래도 정말 그들의 저주가 풀린 것이 맞는지 궁금했다.

"클라크 오빠, 레제 언니, 잘 떠나셨나요?!"

라고 크게 외쳐 보았으나 메아리만 울릴 뿐이었다. 그때 갑자기 세찬 바람이 희경 누나를 향해 불어왔다. 희경 누나는 갑작스레 불어온 바람에 깜짝 놀라며 두 눈을 감았다. 그리고 바람이 지나가고 눈을 떴을 때 슬며시 미소를 지었다. 바람이 지나가던 찰라 분명히 들었던 것이다.

"고맙다!"

라는 말을.

희경 누나는 저녁이 올 때까지 기다렸다가 레제가 일러준 나무 위로 올라가 굵은 가지에 앉아 석양을 바라보며 생각나는 아무 노래나 흥얼거리기 시작했다. 그렇게 얼마나 지났을까 갑자기 수십 마리의 앵무새 떼가 희경 누나를 향해 날아왔다. 빨간색, 파란색 색깔도 화려한, 입이 쩍 벌어지는 장관을 연출하며 한 떼의 앵무새들이 날아오고 있었던 것이다.

앵무새 무리들 중 한 마리가 희경 누나 쪽으로 날아와 희경 누나를 빤히 바라보았다. 앵무새와 희경 누나의 눈이 마주친 순간, 앵무새가 희경 누나에게 눈인사를 하는 것 같았다. 그리고 다시 자신의 무리로 돌아가는가 싶더니 이내 다시 무리를 이끌고 날아와 희경 누나의 옷가지들을 두 발로 잡고 힘차게 날갯짓을 하며 하늘로 날아올랐다.

"캬! 좋다!"

서영은 뜨끈한 정종을 꿀꺽 삼키며 감탄사를 내뱉었다.

"그러니까 선배, 그 앵무새들이 희경 언니의 옷을 잡고 날아올라 희경 언니 집까지 바래다주었다는 그런 결말?"

나는 꽁치구이를 오물오물 씹으며 말했다.

"뭐, 그런 셈이지. 하하하!"

"그러면, 희경 언니는 그런 라이프 스토리를 풀어내서 박 선생님의 제자가 되었겠네. 그런 인생 스토리는 오직 희경 언니 한 사람만이 가능한 이야기일거 아냐? 호호호! 설마 박 선생님, 센스 없이 그 이야기의 신빙성이 어쩌고 하면서 거절 하신 건 아니겠지?"

서영은 희경 누나의 이야기가 무척이나 마음에 들었나 보다.

"크크크, 너 되게 좋은가봐? 희경 누나가."

"그런 여자를 어떻게 안 좋아할 수가 있어?"

"하하! 그렇지 않아도 희경 누나는 인기 많았지."

"정말? 선배도 그 언니 좋아했어?"

"아, 난 아니고. 하하하!"

"호호호호, 어련하실까!"

"아참."

나는 내 가방에서 열쇠목걸이를 꺼내놓았다.

"이게 희경 누나가 내게 준 열쇠목걸이야. 그날 보헤미안에서 나오면서 누나가 슬며시 웃으며 내게 이 열쇠가 그거라고 말하며 주더라구, 하하하!"

"엥? 그게 진짜일 리 없잖아, 선배?"

"크크, 그러니까 말야. 이런 게 희경 누나의 매력이라니깐. 아무튼 말야, 그날 박 선생님은 기분 좋게 희경 누나를 제자로 삼으셨어. 희경 누나, 혁준이 형, 영석 회장, 그리고 나까지. 우리들은 그 일을 축하할 겸 우리의 아지트인 '늘 푸른 집'으로 가서 떡볶이 파티를 했지. 지금도 그날의 기억이 선명하네."

서영은 술잔을 든 채 나를 바라보며 웃고 있었다.

"짠!"

맑은 소리를 내며 서영과 나의 잔은 경쾌하게 맞부딪혔다.

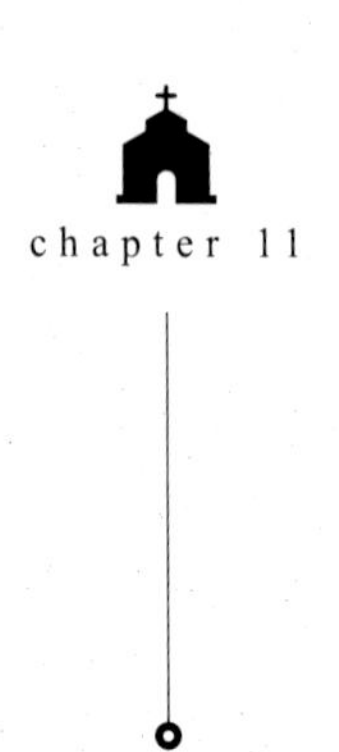

chapter 11

교회 커피 가게 좀도둑 사건

희경 누나의 커피 끓이는 실력은 날로 좋아졌다. 시간은 잘도 흘러가 보헤미안의 박 선생님 제자가 된 지도 약 8개월이라는 시간이 흘렀다.

희경 누나는 벌써 수능시험을 치르고 합격발표를 기다리고 있는 예비대학생 신분이었다. 희경 누나와 동갑내기인 영석 회장과 혁준이 형 역시 합격 발표를 기다리고 있었다. 그리고 고등학생으로서 얼마 남지 않은 날들도 다 지나가고 내년이 되면 영석 회장은 중고등부 회장직을 내려놓게 된다. 그리고 그들은 내년부터 청년부 예배를 드리게 되는데, 그것을 생각하면 나로서는 참으로 아쉽기만 했다.

희경 누나는 별로 대학에 대한 기대가 없었다. 커피 전문가로 진로를 이미 정해놓은 누나로서는 예비 대학생이라는 표현보다는 예비 사회인, 혹은 예비 커피집 사장님 정도가 더 어울리는 표현 같았다. 물론 커피집 사장님이 되기까지는 한참 더 많은 시간이 필요하겠지만….

아무튼 누나의 커피 끓이는 실력은 교회 내에서도 소문이 돌았고, 우리 교회 담임목사님의 생각에 따라 누나는 교회 내에 새로 만든 쉼터에서 조그마한 커피집을 운영하게 되었다. 물론 희경 누나의 재산이라는 뜻은 아니다. 모든 건 교회자산으로, 토요일과 일요일 교회에 나와서 커피를 끓이는 아르바이트를 누나가 하게 된 것이다.

아르바이트라고는 하나 자신의 가게처럼 재량권을 가지고 메뉴를 개발하기도 하고 외양 꾸미기도 할 수 있으므로 누나에게는 미래를 위한 좋은 연습이 되었다. 보헤미안의 알바생에서 자연스레 교회의 커피 가게 운영자로 신분이 바뀐 것이다. 물론 누나의 스승이신 박 선생님과는 커피 연구를 함께 하는 등 사제지간의 정은 여전히 돈독하였다.

교회에서 커피집을 운영한 지는 이제 약 1달 정도 되어가고 있었다. 그런데 이때 희경 누나가 영석 회장과 혁준이 형, 그리고 나에게 예사롭지 않은 이야기를 꺼냈다.

"내가 실은 한 가지 너희들에게 상담을 좀 하고 싶어

서…. 너희들이 아니면 다른 사람에게는 쉽게 이야기 할 수 없는 민감한 일이어서 말이지…."

교회 쉼터의 희경 누나 커피 가게 안에 있던 우리 모두는 희경 누나의 끝을 흐리는 말에 약간 경직된 표정들이 되었다.

"뭔데? 말해봐."

혁준이 형의 재촉에 희경 누나는 조심스레 입을 열었다.

"사실은 말이지… 이상하게 커피를 팔고 모아둔 돈이 조금씩 차이가 나. 대략 2주 전부터였는데 지난주 토요일, 일요일은 5만 원 정도 차이가 나더니 어제랑 오늘은 10만 원이 넘게 차이가 나는 거야. 내가 분명히 정확하게 확인하고 넣어두거든. 그런데 10만 원씩이나 차이가 난다는 건 정말 이상한 일 아니겠어?"

희경 누나 가게의 돈을 넣는 금고는 사실, 교회의 헌금모금함을 대용으로 해서 쓰고 있는 중이었다. 그래서 돈을 빼가는 일은 누구나 마음만 먹으면 할 수 있었다.

이 이야기를 들은 영석 회장이 단호한 표정으로 말했다.

"그 말이 사실이라면 잡아야지. 분명 누군가 돈을 훔쳐가는 사람이 있다는 뜻일 테니까."

"그런데… 어떻게 잡죠?"

나는 영석 회장을 보면서 물었다.

이때 혁준이 형이 대답했다.

"그거야 숨어 있으면 되지. 좀 고달프긴 하겠지만…."

"내 생각에는 아무래도 토요일 저녁에서 일요일 사이가 가장 가능성이 높을 거 같아."

영석 회장의 추측에 희경 누나가 동의했다.

"나도 그렇게 생각해. 토요일과 일요일 것을 합산해서 교회 사무실에 갖다 주거든. 즉, 토요일 밤에는 헌금함에 돈이 그대로 있는 거지. 내가 가게 문을 닫기 때문에 도둑맞을 일은 거의 없다고 생각했는데…."

"어차피 열쇠라는 게 사무실에 가서 여차저차해서 필요하다고 이야기하면 쉽게 빌릴 수 있으니까…."

혁준이 형의 이야기에 이어서 나는 세 사람을 번갈아 보며 물었다.

"그럼 다음 주 토요일 저녁에 매복해 있는 건가요?"

"내가 중고등부 실을 열어놓을 테니까 토요일 날 저녁에 거기 모이는 거야. 그리고 희경이가 가게를 끝내면 우리는 두 명씩 한 조가 되어 매복해 있는 거지. 번갈아 가면서 중고등부 실에서 휴식을 취하면 될 것 같아. 30분마다."

영석 회장의 아이디어에 우리는 모두 수긍하였다.

그렇게 일주일이 지나고, 우리는 영석 회장의 말대로 중고등부 실에 모였다. 물론 희경 누나는 교회 건물 1층 휴게실에 있는 가게에서 열심히 커피를 팔고 있었다. 이곳 휴게실은 교회봉사를 하는 집사님, 권사님, 장로님들이 자주 애용하는 곳이다. 토요일에는 저녁 8시까지만 운영되었다.

어느덧 8시가 되었다. 휴게실에서 사람들이 한 명 두 명 빠졌고, 희경 누나가 마무리로 휴게실과 가게를 구분하는 유리문을 열쇠로 잠근 뒤 여느 때처럼 사무실에 들러 열쇠를 항상 놓아두는 장소에 두었다. 사무실에서는 여느 때와 같이 직원들이 열심히 컴퓨터를 들여다보거나 혹은 교인과 전화통화를 하고 있었다. 희경 누나는 사무실을 나와 복도 끝에 위치한 중고등부 실로 들어왔다.

"좋아, 다들 모였어. 그럼 첫 번째 조부터 들어가자고. 나랑 혁준이가 먼저 매복할게."

이렇게 말한 영석 회장은 혁준이 형과 함께 자리에서 일어나면서 하이파이브를 하며 각오를 다졌다. 도둑이 과연 누구인지 아무도 모르는 상황에서 매복하러 가는 그들을 보면서 나의 마음도 약간은 긴장감에 휩싸이는 듯했다. 두 사람은 먼저 나갔고 나와 희경 누나는 중고등부 실 의자에 앉아 있었다.

"누가 범인일까요?"

나의 물음에 희경 누나가 웃으며 답했다.

"누구든지 대화로 잘 풀어나가야 할 거야. 그리고 절대

비밀을 지키고 말이야."

나는 동감의 뜻으로 고개를 끄덕였다. 잠시 뒤 내가 다시 입을 열었다.

"누나, 저 CD플레이어 있는데 기다리면서 노래라도 들을까요?"

"어, 좋아. 누구 CD 있는데?"

"지금 갖고 있는 게… 얼마 전에 나온 스콜피온스 베스트 앨범이 있어요."

"뭐? 스콜피온스? 딴 거 없니?"

"그럼, 김종서 베스트 앨범."

희경 누나는 웃으며 말했다.

"크크크, 너 베스트 앨범 되게 좋아한다. 그런 거 말고 좀 빠른 노래 없어?"

"빠른 거는 별로 안 들어서요. 지금 가방 속에 있는 거는 현진영…."

"푸훗! 뭐? 현진영?!"

누나는 파안대소를 하며 큰 소리로 되물었다.

"네. 그 '흐린 기억 속의 그대' 앨범이요."

"파하하하!"

누나는 배꼽을 잡고 의자에 등을 기댄 채 큰소리로 웃어 재꼈다.

"너 되게 올드한 거 좋아한다. 스콜피온스, 김종서, 현진영이라니. 최소한 H.O.T, 영턱스 하다못해 R.ef 정도는 나와 줘야지."

"그, 그렇군요. 그럼 이야기나 하면서 기다릴까요?"

"그래도 노래 들으면 시간이 잘 가니까."

이렇게 말한 희경 누나는 중고등부 실 한쪽 구석에 있는 컴퓨터 쪽으로 가더니 거기에 연결되어 있던 스피커 코드를 뽑아서 다시 우리가 앉아있던 자리로 돌아왔다. 네모난 탁자 위에 스피커를 올리며 말했다.

"자, 얼른 꺼내 봐!"

"네? 스피커로 들으실 거예요?"

"아니면 뭐로 듣게?"

"이어폰이요."

"안 돼. 음악은 스피커로 들어야지. 이어폰 쓰면 귀 나빠져."

이렇게 말한 희경 누나는 얼른 CD플레이어를 꺼내놓으라는 의사를 강렬한 눈짓으로 재촉했다.

"노래는 누구 걸로…."

"현진영!"

우리는 스피커를 연결해서 노래를 듣기 시작했다.

"현진영! Come back~ bo~y~!"

스피커에서 울려나오는 현진영 노래의 도입부는 다시 한

번 희경 누나를 웃게 만들었다. 누나는 갑자기 자리에서 일어나 나를 일으키며,

"이 노래는 그냥 들으면 안 돼. 현진영의 '엉거주춤'이라도 추면서 들어야지. 얼른 일어나 봐, 삼촌!"

"사, 삼촌?!"

나의 올드한 음악 취향은 그 날부터 나의 별명을 삼촌으로 만들어 버렸다.

나는 희경 누나의 재촉에 따라 나도 모르게 자리에서 일어나 엉거주춤을 추고 있었다. 그곳은 우리로 인해 어느새 디스코텍, 즉 지금의 클럽과 같은 곳이 되어 있었다.

희경 누나와 내가 대한민국에 엄청난 유행을 가져온 바 있는 현진영의 엉거주춤을 열심히 추고 있는 이때, 갑자기 문이 열리며 영석 회장이 들어왔다.

"잡았어!"

희경 누나와 나는 고개를 돌려 영석 회장을 바라보았다.

"잡았다구! 얼른 와 봐!"

이렇게 말한 영석 회장은 다시 쉼터 쪽으로 내려갔고 우리도 얼른 뒷수습을 한 뒤 그곳으로 향했다. 그곳에서는 혁준이 형이 누군가를 매서운 눈으로 바라보고 있었다. 혁준이 형이 보고 있는 사람은 꽤나 어려 보였다. 아마도, 초등학교 학생 같은…. 희경 누나와 나는 가까이 가서 보았

다. 도둑질을 한 범인의 얼굴이 파악된 순간, 희경 누나는 깜짝 놀라며 외쳤다.

"어머! 태일아!"

범인은 우리 교회 유·초등부에 소속되어 있는 초등학교 3학년의 박태일이었다. 이때 갑자기 혁준이 형이 오른손을 휘둘러 태일이의 뺨을 후려쳤다.

"으앙!"

태일이는 옆으로 넘어지며 큰 소리로 울기 시작했다. 그 모습을 본 희경 누나는 얼른 달려가 태일이를 일으켜 세우며 혁준이 형을 보며 외쳤다.

"하지 마! 애를 때리면 어떡해?!"

혁준이 형은 아직도 분노가 채 풀리지 않은 눈으로 태일이를 쳐다보고 있었고 그 옆에는 영석 회장이 혁준이 형의 한쪽 팔을 붙잡으며 진정시키려 하고 있었다.

혁준이 형이 범인을 보고 무척이나 화를 내는 것은 충분히 이해가 되었다. 왜냐하면 태일이는 혁준이 형의 사촌동생이었기 때문이다. 자신의 사촌동생이 어린 나이에 교회에서 도둑질이나 하고 다녔다는 사실이 꽤나 당황스럽고 염려스러웠을 것이다. 이런 사실이 다혈질적 기질을 가진 혁준이 형의 감정을 상당히 자극했을 테고, 결국 사촌 동생에게 물리적 응징을 가하게 된 것이다.

"박태일, 너 지금 당장 나랑 같이 엄마한테 가자. 이건 도저히 그냥 지나칠 수 없어!"

혁준이 형의 단호한 목소리가 나의 귀에 들렸다. 나는 무어라 할 말이 없어 그저 벌어지는 상황을 지켜보기만 할 뿐이었다. 어린 태일이는 두려움에 벌벌 떨면서 더욱 크게 울어댔다.

"뭐, 잘했다고! 이 자식이!"

혁준이 형은 자신의 오른손을 다시 한 번 높이 들어 올렸다. 옆에 있던 영석 회장이 이번에는 혁준이 형을 앞에서 와락 껴안으며 진정시켰다. 무릎을 굽힌 채 태일이의 두 손을 잡고 있던 희경 누나가 혁준이 형을 향해 입을 열었다.

"혁준아, 너무 화내지 마. 내가 보니까 태일이도 충분히 반성하고 있는 것 같아. 우리가 잘 타이르자. 어릴 적에 누구나 한번쯤 실수할 수도 있지. 잘 몰라서 그랬던 거 아니겠어?"

나도 한마디 거들었다.

"그래요, 혁준이 형. 애를 때린다고 해서 될 일은 아닌 것 같아요. 차라리 누나 말대로 잘 타이르고 가르쳐야죠."

이번에는 영석 회장이 거들었다.

"그래, 혁준아. 태일이가 원래 착한 애라는 거 너도 잘 알잖아. 한번 실수한 것일 테니까 우리가 잘 타이른 뒤 이번 일은 우리끼리 비밀로 하자. 괜히 이런 이야기가 커지면 박 집사님과 조 집사님께서도 곤란해하실 거야."

박 집사님과 조 집사님은 태일이의 아버지, 어머니였다. 그리고 조 집사님의 언니가 바로 혁준이 형의 어머니가 된다. 즉, 태일이는 혁준이 형의 막내 이모되는 분의 아들이었던 것이다. 희경 누나는 태일이를 향해 부드러운 목소리로 물었다.

"태일아. 앞으로는 안 그럴 거지?"

태일이는 한참을 더 울다가 작은 목소리로 대답했다.

"죄, 죄송해요. 저도 모르게 그만…. 우, 우연히 열쇠가 사무실에 항상 놓여있다는 것을 알게 됐고 처음에는 호기심에 문만 한번 열어보려고 그 열쇠를 가져와 열어보았다가 이것저것 신기한 물건이 많은 것 같아서요…. 하나씩 살펴보다가 그만…. 헌금함 속에 있던 돈들을 보고서 저도 모르게…."

어렵사리 자신의 죄를 고백하던 태일이는 또 한 번 큰소리로 울기 시작했고, 희경 누나는 그런 태일이를 달래주며 토닥여주었다.

"태일아, 괜찮아. 다 괜찮으니까. 하지만 앞으로는 이러면 안 된다?"

"네. 네…."

이 모습을 보면서도 혁준이 형의 표정은 여전히 딱딱하게 굳어 있었다. 하지만 혁준이 형으로서도 이 문제를 키우기 보다는 태일이가 반성만 한다면 용서해 주는 것이 더 낫겠다는 판단을 한 것 같았다. 그래서 더 이상 태일이를 다그치지는 않았다.

교회 커피 가게 좀도둑 사건은 일단 이렇게 일단락되었다.

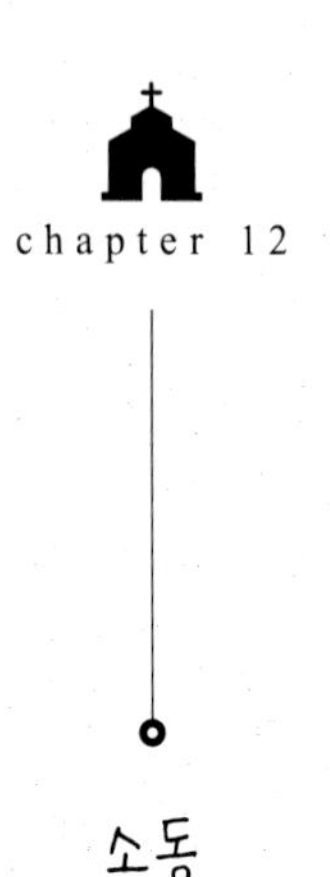

chapter 12

소동

태일이 사건이 있은 후 우리는 아무 일도 없었다는 듯이 그 일을 누구도 언급하지 않았다. 교회에서는 연말행사가 많았고 우리는 각자 행사들의 일부분을 담당하며 바쁘게 보냈다.

그렇게 한해가 가고 새해가 오고 어느덧 봄의 향기가 조금씩 느껴지는 3월이 되었다. 영석 회장과 혁준이 형은 서울에 있는 중상위권 대학에 합격하여 새롭게 대학생활을 시작했고, 희경 누나는 비록 대학에는 붙지 못했지만 박 선생님의 제자로서 커피에 대한 전문가로 점점 거듭나고 있었다. 내가 아는 한 희경 누나야말로 대한민국 최고의 커피 바리스타 2호라고 보아야 할 것이다. 1호는 보헤미안의 박 선생님일 테고….

영석 회장, 혁준이 형, 희경 누나는 청년부 예배를 드리게 되어서 나와 예배를 드리는 장소가 달라졌다. 영석 회장도 이제 더 이상 중고등부 회장이 아니므로 이제는 그냥 영석이 형이었다. 하지만 한번 회장은 영원한 회장. 나로서는 영석이 형이라는 표현보다는 영석 회장이라는 호칭이 여전히 익숙했다.

우리는 여전히 서로 가깝게 지내고 있었다. 가끔 '늘 푸른 집'에 모여 세상에서 가장 맛있는 분식을 먹으며 예전처럼 몰려다니곤 했다.

그러던 어느 날이었다. 나는 여느 때와 같이 중고등부 예배를 드린 뒤 교회 쉼터에 있는 희경 누나의 커피 가게로 갔다. 그런데 무언가 분위기가 심상치 않았다.

"희경이 학생! 내가 이렇게까지는 이야기하지 않으려 했는데 말야. 솔직히 말이야 바른 말이지, 희경이 학생이 누구 가르칠 만한 그런 자격이 있기는 한 거야? 뭘 가르칠 건데?!"

카랑카랑한 목소리로 이렇게 희경 누나를 몰아붙이고 있는 사람은 놀랍게도 조민아 집사님이셨다. 바로 태일이의 어머니 되는 조 집사님! 그리고 그 주변에는 몇몇 분의 집사님들이 더 있었고, 이들은 조 집사님의 말에 동조를 하는 무리인 듯 굳이 조 집사님의 계속되는 이야기를 멈추려 하지 않았다.

"가르친다는 것은 뭔가 많이 알거나 혹은 인품이 아주 훌륭하거나 해야 하는 건데 희경 학생은 그 중 어느 쪽도 아니잖아?! 그러니 설혹 목사님이나 전도사님이 희경 학생에게 그런 제의를 했어도 당연히 거절하는 염치가 있어야지. 그걸 모르고 이렇게 여러 사람 불편하게 만든 것 자체가 이미 민폐야, 민폐! 알겠어?!"

나는 약간 멀리서 이 모습을 바라보았다. 아직 어떤 일 때문에 벌어진 소동인지 감이 잡히지 않았기 때문이다.

희경 누나는 그저 고개를 숙인 채 붉어진 얼굴을 하며 계속 양손으로 바쁘게 눈물을 닦아냈다.

조 집사님의 추궁이 더 계속되려는 찰나 지나가던 다른 집사님과 권사님들이 조 집사님을 저지시켰고, 얼마 지나지 않아 이곳으로 큰 목사님과 부목사님들까지 모두 와서 이 사태를 진정시켰다. 그리고 혁준이 형과 영석 회장도 뒤늦게 쉼터로 달려왔고, 혁준이 형은 다소 원망 섞인 표정으로 조 집사님을 바라보았다.

중고등부 목사님이신 오철승 목사님이 울고 있는 희경 누나 곁으로 가서 희경 누나를 진정시키려는 듯 뭐라뭐라 이야기를 하시더니 함께 그 자리를 떠났다. 아마도 부목사실로 데려갔을 것이다. 그리고 이 사건이 어떻게 발생한 것인지 알게 되기까지는 그리 오래 걸리지 않았다.

사건의 발단은 이러했다.

보통 청년부원들이 유·초등부 선생님을 하는 경우가 많았기에 유·초등부 담임 전도사님이 희경 누나에게도 주일학교 선생님을 권했다. 희경 누나는 평소에도 아이들을 좋아하던 터라 흔쾌히 봉사를 하겠다고 나섰고 유·초등부 성경공부 선생님 봉사를 하게 되었던 것이다.

그렇게 몇 주가 흐를 즈음, 집사님들 중 몇몇 분들이 희경 누나의 출신을 문제 삼기 시작했다. 그것은 희경 누나가 고아원 출신인데다가 심지어는 대학에 들어가지 못한 고졸인데 어떻게 학생들의 성경공부를 가르치는 선생님이 될 수 있냐는 것이었다. 게다가 희경 누나의 활발한 성격에서 나오는 말괄량이 같은 이미지는 상당히 불리하게 작용되었다.

부모 없이 자란 사람이 자신들의 아이들을 가르치는 선생님이 되었다는 소식은 몇몇 집사님들을 염려하게 만들었고, 시간이 흐르면서 이런저런 와전된 이미지가 덧씌워지면서 결국 희경 누나는 되먹지 못한 사람으로 그들에게 인식되었던 것이다. 그리고 기어이 쉼터에 있던 희경 누나의 커피 가게에까지 찾아와 희경 누나에게 공개적으로 망

신을 주는 사태가 발생한 것이다.

이 사태의 선봉에 선 사람은 아이러니하게도 태일이의 엄마인 조 집사님이었다.

하지만 상황이 이쯤 되면 동정 여론도 생기는 법. 조 집사님과 별로 친하지 않았던 다른 그룹의 집사님들은 오히려 희경 누나를 두둔하고 나섰다. 부모가 없는 것은 본인의 죄가 아닐뿐더러 희경 누나의 발랄함은 그 나이 또래들의 당연한 기질이며, 더불어 자신의 불우한 상황에서도 활발할 수 있다는 것은 오히려 보고 배워야 할 점이라며 희경 누나를 지지해준 것이다.

처음에는 이런 정도의 이야기들이 오고가기 시작했는데 시간이 흐를수록 이 논쟁이 점점 가열되며 교회가 분열양상으로 접어들고 있다는 것이 더 큰 문제였다. 그동안 교회 어른들 사이에서도 서로에게 무언가 쌓인 앙금이 있었던 것 같다. 희경 누나 사건이 도화선이 되어서 다른 일들에까지 여파가 빠르게 퍼져나갔던 것을 보면.

이를테면, 지난번에 베드로회의 누가 어쨌는데 그건 잘못된 일이라든가, 혹은 바울회의 누가 어쨌다든가 하는 이야기들이 쉴 새 없이 터져 나오며 파벌 다툼이 선명해져 가고 있었던 것이다.

그렇게 몇 주가 흘렀고, 희경 누나는 한동안 교회를 나오지 않고 있었다.

그러던 어느 날 나는 희경 누나가 걱정이 되어서 홉킨스 기숙사에 찾아가보기로 마음먹었다. 학교가 끝나자마자 나는 얼른 홉킨스 기숙사로 향했다. 만약 만나지 못하면 보헤미안으로 찾아가 볼 생각이었다.

비가 오는 날이어서 그랬을까? 희경 누나는 외출하지 않고 기숙사에서 사감 전도사님을 도와 기숙사 이곳저곳을 청소하고 있었다. 내가 갑작스레 찾아온 것에 희경 누나는 순간 놀라는 듯했으나 이내 웃으며,

"여기 앉아."

라고 말한 뒤 어디론가 들어가 자신의 손에 있던 청소용 물수건을 놓아두고는 다시 나와 기숙사 응접실 소파 위, 내 옆에 나란히 함께 앉았다.

"너가 웬일이니? 호호호. 어제는 혁준이랑 영석이가 왔다 갔는데 말야."

"아, 그랬어요? 다들 누나가 걱정 되서 그러겠죠. 요즘 교회도 안 나왔죠?"

"뭐, 내가 그곳에 있는 게 여러 사람들에게 민폐가 되니까 안 나가는 게 맞는 거 같아서."

이렇게 말한 희경 누나의 표정은 조금 굳어져 있었다.

"에이, 나와서 예배도 드리고 그리고 커피 가게도 하셔야

죠. 요즘 누나 없으니까 할 수 없이 자판기 커피만 마시는데…. 가게 문은 닫혀있고 말이죠. 쉼터가 텅텅 빈 느낌이라니까요."

이때 사감 전도사님이 오렌지 주스와 쿠키 몇 조각을 주전부리로 내어주었다. 나는 감사인사를 드렸고, 응접실을 나가는 전도사님의 뒷모습을 본 뒤 희경 누나를 향해 다시 이야기를 시작했다.

"어제 형들은 무슨 얘기를 하던가요?"

희경 누나는 잠깐 동안 입을 열지 않았다. 바깥에서 쏟아지는 빗소리만이 이 방을 가득히 채우고 있는 것 같았다.

이윽고 희경 누나가 천천히 입을 열었다.

"뭐, 별 얘기는 없었는데…. 혁준이가 내게 자꾸 미안하다고 하더라구. 별로 그런 얘기 안 해도 되는데…."

여기까지 말한 희경 누나의 어깨는 조금씩 위아래로 떨리고 있었다. 굳이 확인하지 않더라도 반대쪽으로 돌린 그 얼굴에서 눈물이 흐르고 있다는 것을 선명히 느낄 수 있었다. 나는 말없이 누나의 마음이 진정되기를 기다렸다.

내가 이곳까지 찾아온 것은 단순히 누나를 위로하다가 가야겠다는 생각이 아니라, 좀 더 적극적으로 나서서 누나가 다시 당당하게 일어서는데 조금이나마 도움이 되어야겠다는 나름의 사명감 때문이었다.

그래서일까. 나는 더욱 단호한 어조로 누나에게 이야기했다.

"아무튼 저는 누나가 이렇게 약해져 울기만 하고 있을 이유가 없다고 생각해요. 솔직히 그 사람들이 잘못한 거잖아요. 왜 아무 잘못도 없는 누나가 피해야 돼요? 그러니 그냥 당당하게 예전처럼 교회 나오고 커피 가게 운영하고 그렇게 하세요. 유·초등부 선생님 안 하면 그만이죠. 그게 뭐 중요한가?"

나는 아무 일도 아닌 척 이렇게 이야기했다. 하지만 솔직히 나의 이런 말들이 얼마나 누나에게 도움이 될 지는 별로 확신이 서지 않았다. 경기시간이 얼마 남지 않아 일단 슛을 날린 후에 그저 들어가기만을 바라는 농구 선수와 같은 심정이었다.

"그래, 생각해볼게."

희경 누나의 대답은 흡족하지도 그렇다고 실망스럽기만 한 것도 아닌, 담담한 답변이었다.

잠시 뒤 난 천천히 입을 열었다.

"누나, 고마워요."

다소 뜻밖이라는 듯한 표정으로 희경 누나가 되물었다.

"뭐가?"

"아니, 그냥요. 왠지 누나가 다시 예전처럼 활기찬 사람으로 돌아갈 수 있을 것 같아서."

나의 말에 희경 누나는 갑자기 웃음을 터트렸다.

"호호호호! 야! 나 원래 활기차!"

누나의 웃는 모습을 보자 갑자기 예전에 혁준이 형이 누나에게 했던 농담이 생각나 혁준 형의 목소리를 흉내 내며 한마디 해주었다.

"누나, 울다가 웃으면 엉덩이에 털…."

"야!"

누나는 괴성을 지르며 나의 팔을 툭툭 때렸다. 퍽퍽이었나? 아무튼….

어쨌거나 내가 홉킨스 기숙사를 들른 보람은 다소나마 있는 것 같았다.

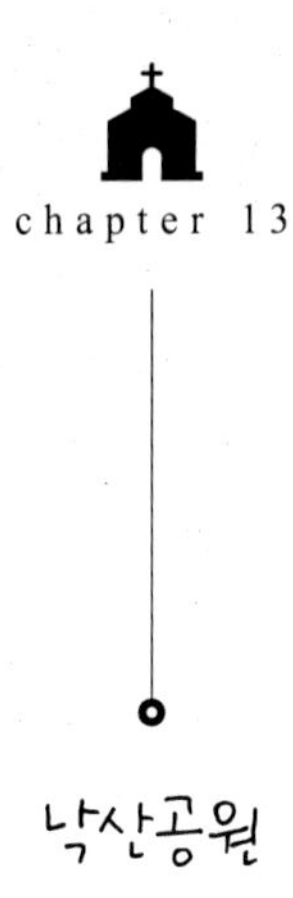

희경 누나는 내가 홉킨스 기숙사에 들렀던 그 다음 주부터 다시 교회를 나오기 시작했다. 유·초등부 성경공부를 가르치지는 않았으나 청년부 예배 전후로 하여 쉼터에 있는 교회 커피 가게에서 예전처럼 커피 만들기를 계속하였다.

그러나 조 집사님의 항의로 시작된 이런 이상한 상황이 아직 완전히 해결된 것은 아니었다. 조 집사님의 처신이 다소 과했던 점이 있었다고 보는 분들도 적잖이 많이 있었다. 실은 나 역시 그런 입장이다.

이 문제는 교회 내에서 여전히 뜨거운 감자가 되어 곳곳에서 이번 일에 대한 다양한 의견들이 폭포수처럼 쏟아지고 있었다.

자녀가 이미 청소년이 되어 중고등부에 속해있는 부모들 사이에서는 희경 누나에 대한 동정여론이 강해보였으나, 자식이 아직 유·초등부에 있는 젊은 부모들 사이에서는 조 집사님의 의견에 동조하는 분위기였다.

사람의 마음이란…. 아무튼 나로서는 고아 출신에 대한 차별을 보는 것이 여간 씁쓸한 것이 아니었다. 이런 분위기 때문인지 혁준이 형 역시 얼굴이 늘 굳어 있었다. 특히나 쉼터에는 거의 오지 않았다.

나는 중고등부 예배가 끝나면 일부러 쉼터에 들러 희경 누나와 이야기를 나누곤 했다. 그러다보면 옆 테이블에 앉아 이런 저런 의견들을 교환하는 집사님들의 다양한 이야기들이 자연스레 나의 귀에 들려 왔다.

"아무리 생각해도 조 집사가 좀 너무한 것 같지 않아? 교회에서 그런 식으로 특정인을 터부시해서야 되겠어?"

"그러게 말이에요. 이건 조 집사가 사과해야 될 문제 같아."

"어머, 그건 아니죠. 두 분 집사님들이야 이미 아이들이 다 커서 그렇다지만 아직 다른 사람에게 영향 받기 쉬운 꼬마들을 키우는 부모의 마음은 또 달라요. 그리고 말이 나왔으니 말이지, 솔직히 희경이가 그렇게 모범적인 애도 아니었잖아요? 전에 내가 들은 얘기인데 오철승 목사님 기도 시간에 버젓이 목사님을 향해서 미국식 손가락 욕도 했다잖아요. 그 얘기를 듣고 내가 얼마나 어이가 없었는데요. 그런 사람이 내 자식 선생님이라고 생각해보세요. 안심이 되는지. 그리고 누가 교회를 나오지 말래요, 봉사를 하지 말래요? 그냥 성경공부 선생님만 좀 하지 말라는 거잖아요."

"그래도, 그런 메시지를 전하는 방법이 좀 과격하지 않았나?"

"그것도 조 집사가 보다못해 총대를 메고 나선 거죠. 처음에 우리도 교회 목사님께 건의 드리고 했었어요. 목사님들이 들은 채 만 채 한 거죠. 유·초등부 담임 전도사님께도 이야기 한 바 있다니까요. 다시 한 번 분명히 말하지만, 그저 선생님을 하지 말라는 것뿐이에요. 교회를 나오지 말라는 게 아니라."

"쉬잇! 목소리가 너무 커요, 다들! 듣겠어. 이런 얘기는 조용히 합시다."

쉼터에서의 이야기들은 대략 이런 식이었다. 그들은 나름 조용히 속삭이며 이야기 한다고 했지만 실은 한마디 한마디 선명하게 들려왔다.

어느 날, 나와 희경 누나가 커피 가게에서 여느 때처럼 이야기를 하고 있었는데 '쿵쾅' 소리를 내며 두 사람이 달려 들어왔다. 혁준 형과 영석 회장이었다.

혁준이 형은 우리 쪽을 보면서 외쳤다.

"얘들아! 나가자!"

"네? 어디로요?"

내가 물었다. 그랬더니 이번에는 영석 회장이 대답했다.

"어디로는 잘 모르겠고, 일단 여기서 나가자고!"

나와 희경 누나는 서로 멀뚱멀뚱 바라보았으나 영석 회장과 혁준이 형은 우리 둘을 거의 강제로 밖으로 끌어냈다. 그리고는 목적지도 정해지지 않은 상황에서 무턱대고 걷기 시작했다.

"자! 어디로 갈까? 답답할 때는 어디 공기 좋고 경치 좋은 데 가서 잠깐 바람 좀 쐬고 오는 게 제일이지."

먼저 입을 연 것은 영석 회장이었다.

"동해안? 서해안? 설악산?"

혁준이 형의 이야기에,

"형들, 돈은 있어요? 게다가 지금 그런 데를 뭘 타고 가요?"

"하하하, 그런가?"

"야! 그럴게 아니라 이럴 때는 거기 가면 돼. 서울에 있으면서도 경치 좋고 운동도 되는 곳!"

의외로 희경 누나가 적극적으로 장소를 정한 듯했다.

"거기가 어딘데?"

영석 회장의 물음에,

"대학로 뒤에 있는 낙산공원!"

그 말에 우리는 서로를 바라보았다.

"아! 그러네! 거기가면 되겠네! 야, 먹을 거도 좀 사자."

이렇게 말한 혁준이 형은 때마침 눈에 들어온 김밥 집으로 후딱 뛰어 들어갔다. 약간의 점심거리를 산 뒤 우리는 대학로 뒤쪽의 낙산공원으로 향했다.

그곳에는 오래전부터 세워진 성벽이 있는데, 그 성벽 위로 올라가 바라보는 서울의 경치는 그야말로 절경이었다.

"야호!"

희경 누나는 두 손을 뻗고서 시원스레 외쳤다.

영석 회장이 주위를 살피며,

"희경아, 여기서 '야호!'를 외칠 정도는 아니잖아?"

라고 하자,

"뭐, 어때? 너도 내가 쪽팔리니?"

라고 희경 누나는 웃으며 되물었다.

"어! 쪽팔린다, 쪽팔려! 그러니 '야호!'는 그만하고 이거나 좀 드시지!"

하면서 영석 회장은 자신이 들고 있던 김밥 하나를 희경 누나 입으로 억지로 밀어 넣었다.

"야, 하지 마!"

희경 누나는 안 먹겠다는 듯 그것을 뿌리쳤고, 영석 회장은 반드시 하나 먹이고야 말겠다는 기세로 계속 희경 누나에게 김밥을 들이댔다. 우리는 어느 새 힘든 일들은 다 잊고서 즐거운 시간을 보내고 있었다. 적당히 시원한 바람이 우리를 향해 불어왔다.

시원한 음료와 맛있는 김밥으로 점심을 해결한 우리는 공원을 산책하다가 벤치에 나란히 앉았다.

4월은 확실히 잔인한 달이었다. 잔인할 정도로 아름다운 달. 공원 주위의 나무와 꽃들은 너나할 것 없이 스스로의 매력을 뽐내고 있었다.

"현성이 너도 이제 고2네. 공부는 잘되니?"

희경 누나가 내게 물었다.

"아, 네! 하하하, 공부란 게 뭐 그렇죠."

"열심히 해. 조금만 참으면 대학생이 될 수 있어."

영석 회장의 격려였다. 대학생이 되어 있는 교회 선배들의 모습이 좀 부럽기도 하였다. 이때, 혁준이 형이 내 어깨 위에 한쪽 팔을 올려놓으며 말했다.

"그래도 답답할 때면 가끔 이런데 와서 바람도 쐬고 그래. 가깝고 좋잖아."

"아, 그렇지 않아도 낙산공원에는 몇 번 왔었어요."

“어, 그래? 하긴 이 동네 살면서 이 좋은 데를 모를 수는 없지. 친구들이랑 가끔 온 거야?”

나를 향해 고개를 돌리고 있는 혁준이 형의 얼굴을 보면서 나는 조금 머뭇거리다 입을 열었다.

“아, 하하! 네. 뭐, 친구들이랑 온 건 맞는데…. 사실은…”

무언가 주저하는 나의 모습을 보면서 희경 누나, 영석 회장까지도 모두 나의 다음 이야기에 귀를 기울이는 듯했다.

“다들 아시다시피 제가 운동부 출신이잖아요. 그래서 사실은 중학교 때 친구들이랑 여기 와서 다른 학교 애들이랑 몇 번 패싸움을 좀 했었죠.”

나는 혹여나 누가 들을까봐 조용히 이야기를 했다. 그런데 나의 말을 들은 형들과 희경 누나는 그만 큰 웃음을 터뜨렸다.

“푸하하하!”

한참을 웃던 혁준이 형이 나를 향해,

“와! 정말 생각지도 못한 대답이다. 그러니까 중학교 때 이 좋은 공원에서 패싸움을 했단 말야?”

“네…. 보시다시피 여기엔 넓은 장소가 많잖아요. 여기서 수십 명씩 모여서…”

난 아직도 얼굴이 약간 붉어져 있었다. 사실 여간 부끄러운 일이 아니었다. 하지만 형들과 희경 누나는 오히려 재미있다는 듯 히죽 히죽 웃으며 나를 쳐다보고 있었다.

"그럼 현성아! 패싸움은 어떻게 하는 거야?"

호기심 가득한 눈빛으로 희경 누나가 물었다. 지금 같으면 '에이, 이런 이야기는 이제 그만….'이라고 말하며 다른 곳으로 화제를 돌렸을 테지만, 당시 순수했던 나로서는 교회 선배들의 물음에 성실하게 답변할 뿐이었다.

"일단, 패싸움이라고는 해도 영화처럼 멋있게 싸우지는 않아요."

"그건 그렇겠지."

혁준이 형이 이미 알고 있다는 듯 고개를 끄덕였다.

"그럼 여기처럼 넓은데 모여서 다 같이 싸우고 그래? 떼거지로?"

영석 회장이 물었다. 나는 고개를 가로저으며,

"그런 경우도 거의 없어요. 사실 패싸움한다고 떼거지로 모여서 겉으로는 애써 무서운 표정 지어도 속으로는 무척 쫄리거든요. 다들 그러다보니 그냥 서로 노려보면서 말싸움이나 좀하지 실제로 떼로 싸우는 경우는 한번도 없다고 보면 되요."

"호호호. 재밌다, 얘. 그럼 어떻게 승부를 가르니?"

나는 희경 누나 쪽으로 고개를 돌리며,

"보통은 대표로 한 명씩 나와서 1:1로 싸우는 경우가 많아요. 그걸로 승부를 내거나… 혹은 그것도 안 할 때는 그냥 서로 말싸움 하다가 적당히 이런 저런 구실을 찾아 대충 얼버무리다가 끝나죠. 예를 들면 패싸움을 위해 모이게 된 첫 번째 원인이 있을 거잖아요? 우리 학교의 A군과 다른 학교의 B군이 서로 어떤 갈등이 생겼는데 그게 점점 스노 볼(snow ball)처럼 커져서 이렇게 낙산 공원에 다들 모이게 된 거라고 한다면, A와 B 중 누가 잘했나 누가 잘못했나를 여기서 판가름 하게 되죠. 적당히 욕 좀 섞어가면서…. 그러다 보면 뭐, 어느 시점에는 적당히 타협할 수 있는 합의점이 자연스레 생기고 그쯤해서 적당히 'A와 B가 화해했다. 상황 끝!'이러고 그냥 끝나는 경우가 대부분이에요. 하하!"

나도 지난 경험을 되뇌며 이야기하다 보니까 '중학교 시절, 친구들과 나는 왜 그러고 다녔을까?'하는 생각이 문득 들면서 헛웃음이 흘러 나왔다.

이야기를 듣던 영석 회장이 입을 열었다.

"패싸움이라기보다는 오히려 공개재판이라고 해야겠다, 야!"

"어머, 듣고 보니 그러네? 남자애들 참 재밌게 논다. 호호호호."

핵심을 찌르는 이야기에 나도 그저 웃을 뿐이었다.

이때, 혁준이 형이 갑자기 벤치에서 일어나 가볍게 점프를 하며 농구선수처럼 슛을 쏘는 동작을 하였다.

"나는 중학교 때 거의 농구에 미쳐 있었지. 그런 식의 말싸움보다 농구경기로 승부하는 것이 훨씬 멋있고 성숙한 거 같지 않냐?"

라고 말하며 나를 보았다. 이번에는 드리블 동작을 하며 이야기를 계속했다.

"그래서 말야, 현성이 이야기를 듣다가 문득 든 생각인데… 지금 이 중에서 누가 가장 용감한지 시합을 해보자."

"어떻게?"

영석 회장이 되물었다. 나와 희경 누나 역시 혁준이 형의 속셈을 알 수가 없어 빤히 그를 쳐다보았다.

혁준이 형은 장난기 가득한 웃음을 보이더니,

"자신 있는 사람은 지금 여기서…."

잠깐 뜸을 드리는가 싶더니,

"찬양율동 하기!"

순간 누구도 말이 없었다. 형의 이야기가 뜬금없게 느껴졌기 때문에.

"뭔 소리야, 병신아!"

평소 순화된 언어를 쓰던 영석 회장조차도 거친 말을 내

뻗을 만큼 혁준 형의 제안은 자다가 봉창 두드리는 소리처럼 느껴졌다.

"에이! 쫄리면 하지 말든가!"

혁준이 형이 도발하듯 말하였다.

"그게 아니지. 이건 쫄리고 말고의 문제가 아니지!"

"에이! 그냥 다른 사람 시선에 쫄렸다고 얘기해. 사실 니가 그런 거에 민감한 거 다 아니까. 크크크!"

혁준이 형의 도발은 계속되었다. 영석 회장은 내가 보기에 조금씩 혁준이 형의 유인책에 말려 들어가는 듯했다. 그래도 마지막까지 혁준이 형이 쳐놓은 거미줄에서 벗어나기 위해 몸부림치는 영석 회장이었다.

"니가 말한 건 그런 거랑 상관없다니까! 용감하고 말고의 문제가 아니라 미쳤거나 안 미쳤거나의 문제라고!"

"그러니까 내 말이! 넌 미친 사람처럼 보이는 걸 감내할 용기가 없다는 거지. 안 그러냐, 영석아? 흐흐흐!"

이때, 갑자기 희경 누나가 앉아있던 벤치에서 일어나 앞으로 걸어 나갔다. 어느 정도 걷던 누나는 그 자리에서 멈춘 후 뒤를 돌아 우리를 보더니,

"주 우리 아버지- 우리는 그 분의 자녀-

예수 우리 형제- 손에 손잡고 하나 되어 함께 걸어가리-"

라고 노래를 부르며 현란한 율동을 선보이는 것이었다.

우리 셋은 순간 아무 말도 못한 채 희경 누나를 바라보았다. 내 눈에는 그 모습이 이 세상 무엇보다 아름답게 느껴졌다. 물론 나 혼자만의 주관적 생각이겠지만, 다른 사람들의 시선을 의식하지 않은 채 노래와 율동을 하는 그 모습이 마치 자신만의 주관을 가지고 세상의 파도에 꺾이지 않은 채 주어진 길을 꿋꿋이 걸어가고야 말겠다는 그런 의지가 묻어 나오는 듯했기 때문이다.

영석 회장과 혁준이 형, 그리고 나는 잠깐 동안 아무 말 없이 희경 누나의 모습을 그저 바라보기만 했다. 하지만 오래 지나지 않아 쪽팔림의 물결이 쓰나미처럼 우리를 덮치기 시작했다. 너나 할 것 없이 나를 포함한 세 명 모두 희경 누나에게 달려가,

"이제 그만! 장난! 장난!"

이라고 말하며 누나를 저지시켰다.

"이거 놔! 왜 그래? 해보라며!"

라고 말하며 누나는 율동과 노래를 이어가려고 하였으나 혁준이 형이 누나의 오른팔을, 내가 누나의 왼팔을 잡았고 영석 회장이 누나를 정면에서 바라보며 어깨 위에 손을 올렸다.

그리고 우리 셋은 동시에

"그만!"

이라고 애처로운 목소리로 외쳤다. 공원 사람들 모두가 우리 쪽을 쳐다보고 있었다.

"호호호! 그러면 니네 다 내 앞에서 굴복하는 거야? 여기서 내가 제일 용감하네."

"인정, 인정! 희경이가 짱!"

혁준이 형은 고개를 격하게 끄덕이며 희경 누나를 향해 엄치 손가락을 치켜 올렸다.

"그럼 뭐, 내 소원 같은 거라도 하나 들어줘야 하는 거 아냐?"

"무슨 소원?"

희경 누나에게 되묻는 혁준이 형의 목소리는 약간 떨리는 듯했다.

"뭐, '늘 푸른 집' 가서 떡볶이라도 하나 사줘야지. 이번엔 만두까지!"

"돈은?"

혁준이 형의 물음에

"니네가 알아서 내고!"

라며 응수하는 희경 누나는, 자신이 공원에서 보여준 쇼의 값을 확실히 받아낼 심상인 것 같았다.

이때 영석 회장이

"내가 하자고 한 건 아니니까 난 빠진다."

라고 말하자마자 희경 누나는 방금 전 미처 다하지 못한 찬양과 율동을 한층 높아진 목소리와 더더욱 과장된 동작으로 이어 나갔다.

"주께 찬송해- 템버린으로-

주께 찬송해- 손뼉 쳐-"

영석 회장은 얼른 다시 돌아와 희경 누나를 말렸다.

"알았어, 알았어! 제발 그만!"

"호호호호! 나 오늘 많이 먹을 거니까 빠질 생각 하지 마시고."

이쯤 되면 나로서는 걱정이 되지 않을 수 없었다. 왜냐하면, 아침에 허둥대다가 그만 지갑을 집에 놓고 교회로 왔던 것이다.

"누, 누나. 근데 저는 아침에 실수로 지갑을 놓고 와서 지금 한 푼도 없어요."

나의 말에 희경 누나는 인자한 눈빛으로 나를 바라다보며,

"호호호호! 그렇구나. 걱정 마, 현성아. 다 방법이 있단다."

라고 말했는데 나는 그 말에 안도의 한숨을 내쉬었다.

하지만 얼마 지나지 않아 난 아직 순진한 고등학생에 지나지 않았다는 것을 뼈저리게 느껴야 했다. 왜냐하면 '늘

푸른 집'으로 가는 길목에서 지나치게 되는 지하철, 한성대입구역에서 갑자기 희경 누나가 세상에 공짜는 없는 법이라며 자신도 공원에서 쇼를 보여주고 먹는 것이니만큼 나 역시 전철역 안에서 찬양율동을 해야만 음식을 먹을 수 있다는 가혹한 논리를 전개했던 것이다.

더욱 슬픈 것은 이번에는 내 편이 되어줄 사람이 아무도 없었다는 것. 혁준이 형과 영석 회장은 벌써부터 히죽히죽 웃으며 나의 곤경을 즐기고 있었다. 정말이지 역 안에서 하는 것은 공원에서 하는 것보다 훨씬 쪽팔리는 일이었다.

하지만 지갑을 가져오지 않았던 나로서는 쓰디쓴 눈물을 삼키며 한성대입구역 통로 중간쯤에 서서 크게 노래를 부르며 율동을 시작할 수밖에 없었다.

"주 우리 아버지- 우리는 그 분의 자녀-

예수 우리 형제- 손에 손잡고 하나 되어 함께 걸어가리-"

내가 여기까지 하고 있을 찰나, 희경 누나, 영석 회장, 혁준이 형이 갑자기 '늘 푸른 집' 가는 방향으로 이어진 6번 출구를 향해 정신없이 내달리기 시작했다.

율동과 찬양을 하고 있던 나도 얼른 그들을 뒤따라가며 외쳤다.

"아놔! 같이 가요!"

키득거리며 달려가고 있는 그들을 뒤따르며, 난 마음속으로 끊임없이 되뇌었다.

'쪽팔려! 쪽팔려! 쪽팔려! 쪽팔려!'

chapter 14

차라리 가만히 있기

우리는 여느 때와 같이 떡볶이를 비롯하여 튀김, 만두 등등 우리가 늘 즐겨먹던 것들을 잔뜩 시켜서 정신없이 먹고 있었다. 그러던 중,

"잠깐만. 지금 막 떠오른 생각인데 말야…."

영석 회장이 이야기하기 시작했다.

"어차피 희경이 일을 교회 내부에서 그냥 이렇게 지나가면 여러 사람 찜찜할 거 아냐. 당장 우리만 해도 그렇고. 차라리 우리가 큰 목사님께 찾아가 고아출신이라는 이유로 주일학교 선생님을 못하게 해도 되는 것인지, 교인들이 이런 식으로 해도 되는 것인지 이런 주제로 확실하게 공론화시켜서 월례회라든가 이런 날에 한번 토론시간을 갖게 해달라고 하는 게 어때?"

자신이 다시 한 번 여러 사람들의 입에 오르내리게 될 것이 뻔하다고 생각한 희경 누나는 인상을 찌푸리며 대꾸했다.

"영석아, 나 그냥 조용히 마무리 짓고 싶어. 또 무슨 토론회를 해서 내가 문제의 중심에 있다는 걸 전교인들에게 부각시키니? 별로 내키지 않아."

"그래? 별론가? 희경이가 싫다고 하면 안 하는 거지. 나는 이렇게 뭔가 정리가 안 된 채로 끝내느니 차라리 정면돌파 해보자는 거지."

'후르륵' 소리를 내며 라면사리를 입에 넣던 혁준이 형이 우물거리며 말을 이었다.

"기왕에 공론화를 시켜서 문제를 해결할 거 같으면 단순히 토론회만 할 것이 아니라 중고등부 애들한테 부탁해서 아침에 사람들이 교회 올 때를 노려서 전단지도 함께 돌리자. 이번 사건은 희경이가 억울하다는 내용을 적어서 말야. 그런 거 가끔 길가다가 막 돌리고 하잖아?"

"얘들아, 나를 생각해주는 건 참으로 고마운데 난 정말 더 이상 그런 논란의 중심에 서고 싶지 않아. 내가 주일학교 선생님만 안하면 되는 거고…. 내가 마음속으로 생각하고 있는 일도 있으니까 이제는 그냥 조용히 지나갔으면 좋겠어."

아무리 좋은 아이디어라도 본인이 거부한다면 할 수 없는 것. 하지만 나 역시 이 일이 그냥 이렇게 흐지부지 지나가면 무언가 우리들의 마음속에 두고두고 후회할 기억이 될 것 같다는 예감을 가지고 있었다.

게다가 중고등부 후배들에게 있어, 자신의 선배가 고아라는 이유로 주일학교 선생님 봉사를 허락받지 못했다는 사실은 오히려 그들의 순수한 마음에 상당한 상처가 될 터였다. 어쩌면 이 사건은 우리 교회의 지워지지 않는 얘깃거리가 되어 상당히 오래도록 전해질지도 모를 일이었다.

이것만으로도 우리 교회의 복음은 그 힘을 상당히 잃게 될 것이고, 교리를 전하는 사람이나 듣는 사람이나 다들 어떤 어색한 감정을 가질 수밖에 없게 된다. 그러나 정면돌파 해보자는 아이디어는 당사자인 희경 누나의 거절로 인해 더 이상 구체화 시킬 수 없었다.

"선배, 왜 이렇게 세상은 가혹한 거야? 그렇게 착하고 좋은 언니가 교회에서 마치 악의 중심이라도 되는 것인 양 비난받아야 하고, 분열의 중심이 되어 버리고…. 너무 안됐어, 그 언니…."

밖에는 어느새 소리 없이 밤비가 내리고 있었나보다. 축

축하게 젖어가는 창가를 보고서야 난 뒤늦게 비가 오는 걸 깨달았다.

"비 오네."

무심코 던진 나의 말에 서영이 잠깐 창 쪽을 보더니 이내 나를 보면서 슬픈 표정을 지었다.

"선배, 그래서 어떻게 된 거야? 선배네 교회 말야. 그리고 희경 언니 말야."

나는 술잔을 바라보며 눈을 가늘게 뜬 채 잠깐 생각에 잠겼다가 이내 서영을 보며 다시 입을 열었다.

"시간이 약이라는 말. 그건 정말 그래. 희경 누나는 굴복한 게 아니었어. 계속 교회를 나왔고, 우리 교회 역시 그때는 분열되어 두 동강이 나버리는 게 아닌가 염려했지만 시간이 흐르고 흐르면서 어느새 지난 일이 되어버리더라구. 내가 깨달은 건 말이지, 아무 것도 할 수 없을 땐 차라리 가만히 있는 게 정답 중의 정답이라는 것. 희경 누나는 적극적으로 가만히 있었던 거야. 묵묵히 자기 일만 하면서 시간이 흐르길 기다렸던 거지. 그때 우리는 이것이 얼마나 지혜로운 선택이었는지 잘 알지 못했어. 한참이 흘러서야 우리도 비로소 느끼게 된 거지. 그 당시 희경 누나의 선택은 그야말로 최선의 선택이었다고 말야."

"결국 시간이 다 해결한다는 그런 거야, 선배?"

나는 서영의 질문에 피식 웃음이 나왔다. 입안에 또 한 잔의 술을 가볍게 털어 넣고서는 대답했다.

"당연하지. 시간의 파도 앞에 지워지지 않는 것이란 없어. 모든 건 그렇게 흐려지고 사라져 가는 거야. 그런데 가만히 있겠다는 게 말하기는 쉬워도 정작 큰일을 당해버린 그 시기에는 그렇게 하기 정말 어렵거든. 몸부림만 치다가 사태를 더욱 악화시켜 버리게 되지. 하지만 진짜 지혜로운 사람은 가만히 시간이 흘러가기를 기다리는 거야."

나의 말을 듣던 서영은 비 내리는 밤거리를 보는 듯하더니 다시 내 쪽을 돌아보며,

"선배의 말이 왠지 더 쓸쓸하게 느껴져. 힘든 일이야 그렇다 치더라도 좋은 기억마저도 시간의 파도 앞에 지워져 버린다는 거잖아. 철없는 어린아이가 아무리 열심히 해변가의 흙을 퍼내어 그림을 그려도 밀려드는 바다의 파도 한 번으로 깨끗하게 지워져 버리는…."

"서영아, 망각이라는 건 인간의 가장 큰 축복이야. 영원을 추구하는 것이 희망이고 행복처럼 생각하기 쉽지만, 실은 사라지는 것이야말로 진정한 축복이지. 떨어진 나뭇잎이 그 나무의 뿌리를 튼튼하게 하잖니? 소멸 속에 진정한 창조가 있는 것이고 망각 속에 새로운 희망이 깃들어 있는 거지."

나의 말을 가만히 듣고 있던 서영이 갑자기 크게 소리를 내며 웃기 시작했다.

"푸하하하! 선배, 아니 오빠! 갑자기 무슨 철학자 된 거 같은데? 호호호! 아무튼 지금은 너무 기분이 좋다. 이렇게 선배와 따뜻한 정종을 나누는 비 내리는 겨울밤이라…. 거기다 희경 언니라고 하는 멋진 사람의 이야기. 선배는 사라지는 것이 진정한 축복이라고 말했지만 난 지금 이 순간을, 지금 이 느낌을 계속 간직하고 싶어. 그리고 사는 게 힘들 때 가끔 떠올리고 싶단 말이지. 지금 이 느낌을 말야."

"훗. 그렇게 말해주니 왠지 기분이 좋은걸? 고마워, 이 선배와 함께 술을 마셔주는 이 자리를 기억할만한 추억거리로 생각해줘서 말야."

나는 옅은 미소를 지으며 서영을 바라보았다. 그리고 이야기를 이어갔다.

"시간이 흘러 어느 해 겨울, 크리스마스가 거의 다 되어서였어. 조 집사님이 희경 누나에게 사과한 것 말야. 교회 쉼터에 있는 희경 누나의 커피 가게에 와서 지난 일에 대한 사과를 한 거지."

서영은 아무 말 없이 나를 바라보고 있었다. 나는 서영의 눈빛에 반응하듯 서둘러 말을 이었다.

"태일이가 자기 엄마인 조 집사님에게 이야기를 했더라

구. 교회 커피 값 도난사건. 그때 희경 누나가 태일이를 용서해주었잖아? 자기 아들의 그런 고해성사를 들은 조 집사님은 뒤늦게 스스로를 반성한 거지. 그래서 희경 누나에게 사과를 하신 거야.

그런데 서영아. 나도 놀란 건 말야, 조그마한 소리로 상대방에게 진심을 담아 전하는 솔직한 고백이라는 건 정말 큰 힘을 가지고 있더라구.

태일이의 솔직한 고백이 조 집사님의 굳어있던 마음을 움직여 희경 누나에게 진심어린 사과를 하게 만들었지. 그건 더 나아가 희경 누나의 마음에 있던 상처를 아물게 했고, 이렇게 시작된 치유의 과정은 거기서 끝나지 않고 전 교회에 그 기운을 퍼뜨리기 시작했어. 하마터면 두 동강이 날 뻔했던 교회가 다시 서로를 용서하며 화합하는 분위기로 싹 바뀐 거지.

하나님이 세상을 말씀으로 창조하셨다고 했잖아? 성경에. 정말 말 속에는 분명한 힘이 있는 것 같아. 그래서 그 이후로 난 입 밖으로 내뱉는 말은 무척 신경을 쓰게 됐어. 말이라는 건 그 안에 심장도 있고 발도 있고 손도 있더라구.

한 가지 아쉬운 건 내가 희경 누나를 볼 수 있었던 게 그 해 크리스마스까지였다는 것. 우리 교회가 한창 크리스마스 행사 준비로 바빴거든. 교회라는 곳이 원래 연말이 제일 바쁘잖아? 나도, 영석 회장도, 그리고 혁준이 형도 연말 행사에 각자 맡은 역할이 있어서 교회에 나올 때마다 시간 가는 줄 모를 정도로 바쁘게 지냈지.

나는 찬양연습, 영석 회장은 사회자로서 행사진행 연습, 그리고 혁준이 형은 연극코너를 맡게 되어서 연극연습을 해야 했거든. 희경 누나는 쉼터 커피 가게에서 열심히 교인들에게 맛있고 향기로운 커피를 끓여주었지.

그렇게 우리 모두는 크리스마스 행사준비에 열중했고 시간이 흘러 크리스마스 이브 날, 드디어 행사가 성대하게 치러졌어."

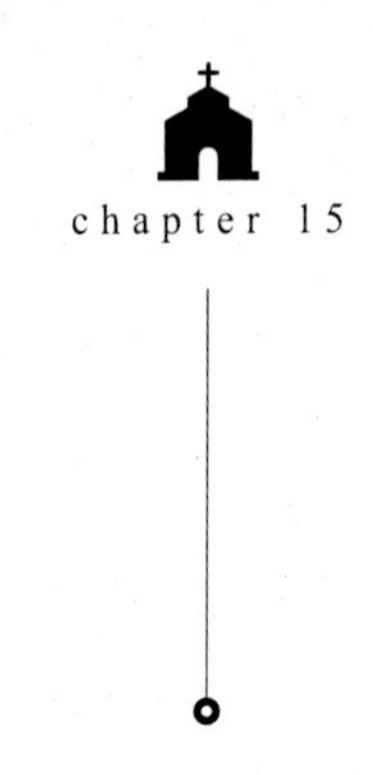

chapter 15

크리스마스 연극

"와하하하하~!"

사람들의 웃음소리는 행사가 진행될수록 점점 커져갔다. 크리스마스 이브의 교회 행사라는 것은 참으로 많은 이들을 행복하게 만드는 것 같았다. 교회에서 목사님 다음으로 가장 큰 어른이라고 할 수 있는 장로님들이 모두 나와 우스꽝스러운 복장을 하고서 유행하는 대중가요에 맞추어 몸을 흔들어대는 댄스는 평소에는 볼 수 없는 이 날에만 허락된 웃음보따리였다.

교회의 축제는 점점 더 무르익어 갔다. 그리고 혁준이 형이 주도하여 준비한 크리스마스 연극이 시작되었다.

크리스마스 행사의 백미는 뭐니뭐니 해도 웃음과 감동이

함께 있는 성탄연극임에 틀림없다. 교인들 모두가 청년부가 정성들여 준비한 이 공연을 관심 있게 바라보고 있었다.

"재판장님, 어서 이 여인을 벌하소서. 그녀는 더러운 음행을 저질렀습니다."

"아닙니다! 재판장님! 저는 정말 억울하옵니다!"

"닥쳐라! 이년! 네년은 남편이 전쟁터에 나간 틈을 타서 다른 남자와 놀아나지 않았느냐?!"

"네! 맞습니다. 제 남편이 전쟁터에 나간 틈을 타 다른 남자와 놀아났습니다. 그렇게 말씀하신다면 분명 그렇습니다.

하지만 제 말씀을 들어보십시오! 그가 누구입니까? 그는 군대에서는 제 남편의 상관입니다. 그는 장군이요, 제 남편은 한낱 병졸에 지나지 않습니다. 저는 너무도 두려웠습니다.

전쟁터에 있어야 할 장군이 왜 갑자기 저 혼자 있는 집에 불쑥 찾아왔습니까? 그리고 제게 긴히 할 이야기가 있다고 하고서는 제 집으로 들어왔던 것입니다. 여자인 저의 힘으로 어떻게 그를 저지할 수 있겠습니까?

그리고 무엇보다 저는 두려웠습니다. 그의 미움을 사고 나면 제 남편은 어떻게 되겠습니까? 저는 남편을 살리고자 하였습니다. 방금 전에도 말씀드렸듯 한낱 병졸인 제 남편은 장군의 명령에 따라 그가 나아가라 하면 나아가고, 물러나라 하면 물러나야 하는 처지입니다.

제가 그의 노여움을 산다면, 그래서 그가 다윗 왕이 그랬듯 저의 남편을 사지로 몰아간다면 저는 어떻게 되겠습니까?"

"무어라? 너가 감히 다윗 왕의 이름을 더럽히는 것이냐!"

"잠깐! 다들 조용히 하시오. 이제 그만 내가 판결을 내리겠소!"

쉼터 커피 가게에서 조용히 혼자 앉아 있던 희경의 귀에는 지금 한창 진행 중인 교회 행사의 소리가 언뜻 언뜻 들리는 듯하였다. 밤은 어느새 깊었고 조용히 창밖을 바라보던 희경은 다시 고개를 돌려 지금 막 끓여낸 따뜻한 원두커피가 담긴 하얀색 잔으로 눈길을 돌렸다.

커피의 향이 좋아서 그랬을까? 그녀는 슬며시 미소를 지어보였다. 그리고는 새하얀 종이에 무언가를 적어나갔다. 때로는 진지한 표정으로. 그리고 때로는 은은한 미소로. 그리고 때로는 눈가에 촉촉한 눈물이 고인 채로. 그렇게 얼마의 시간이 흘렀을까. 그녀는 미처 다 마시지 않은 원두커피를 그곳에 둔 채, 유리문을 열고서 교회 밖으로 나왔다.

차가운 겨울바람이 그녀의 코끝을 찔러왔다. 하지만 왠지 홀가분한 기분이었다. 그녀는 한 걸음 두 걸음 앞으로 발을 옮겼다. 한참을 걷다 잠시 멈추어 뒤쪽을 돌아보았다. 네온사인으로 감싸진 교회의 십자가가 밤하늘을 배경으로 그 빛을 찬란히 빛내고 있었다. 그녀의 귀에는 멀리 찬양소리가 들려오는 듯했다.

그녀의 외투 오른쪽 주머니에는 조금 전까지 열심히 적었으나 결국 남기지 않고 가져온 편지가 있었다. 오른손으로 이 편지를 꼬깃하게 만지며 그녀는 멀리서 희미하게 들려오는 찬양소리에 귀를 기울였다.

𝄞때로는 너의 앞에 어려움과 아픔 있지만~
담대하게 주를 바라보는 너의 영혼~
너의 영혼 우리 볼 때 얼마나 아름다운지~
너의 영혼 통해 큰 영광 받으실~
하나님을 찬양~
오~ 할렐루야~𝄞

"그래서?! 선배! 그래서 희경 언니는 어디로 가버린 거야?!"

서영은 갑자기 다급한 표정으로 내게 물었다. 하지만 나도 대답해 줄 수 없었다.

그 날, 교회 행사를 마치고 영석 회장, 혁준이 형, 그리고 나 이렇게 셋이서 교회 쉼터로 왔을 때 희경 누나는 더 이상 그곳에 있지 않았다.

우리는 한참을 찾았지만 찾을 수 없었다. 그때는 지금처럼 핸드폰이 흔하던 시절도 아니었다. 결국 우리 셋은 희경 누나가 먼저 기숙사로 돌아간 것이라 결론 내리며 그렇게 각자의 집으로 돌아갔다.

그러나 희경 누나가 기숙사가 아닌 다른 어딘가로 떠나버렸다는 것을 알게 된 것은 그날 이후 며칠이 지나서였다.

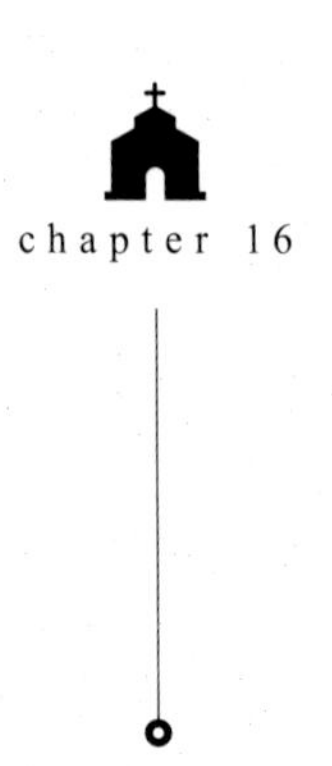

해적 박물관

서영과 나는 긴 식사를 마치고 홍대 앞 밤거리를 함께 걷고 있었다. 촉촉히 내리기 시작한 비는 이제는 가느다란 이슬비가 되어 우산 없이도 길을 걷기에 충분했다.

희경 누나에 관한 이야기는 꽤나 옛날 이야기였다. 하지만 서영에게 다시 이야기를 해주었기 때문이었을까. 그날 이후 희경 누나를 보지 못한 그 아쉬움이 다시금 나를 찾아왔다. 그렇다 해도 달리 방법은 없다. 그날 그렇게 떠난 후 누구도 누나의 행방을 찾지 못했으니까 말이다.

어디로 가버린 걸까? 무엇을 하면서 살고 있을까?

문득 서영이의 목소리가 들려왔다.

"선배, 무슨 생각해?"

"아, 그냥."

"호호, 그냥은 무슨. 그 언니 생각한 거지?"

나는 그저 소리 없는 미소만 지어 보였다. 홍대 앞 거리는 밤이 깊어질수록 더 많은 사람들로 북적여 댔다.

차가운 바람이 불어와 내 마음 깊은 곳까지 어루만지고 지나갔다.

"앗! 선배, 저기 좀 봐!"

나는 서영이 쪽으로 고개를 돌렸다. 거기에는 어떤 간판이 세워져 있었다.

-해적 박물관-

'해적 박물관?'

나는 호기심이 생겨 그 간판을 자세히 보았다. 앞으로 세 달 정도 더 하는 전시 행사였다. 역시 홍대 앞! 다양한 볼거리들이 거리 곳곳에 숨겨져 있다는 게 새삼스레 느껴졌다.

"뭘 고민하고 있어? 보고 가야지!"

서영은 어느새 해적 박물관이 있다는 화살표를 따라 건물 지하로 내려가고 있었다. 나 또한 괜스레 설렘을 느끼며 서영을 따라 계단 아래로 내려갔다. 안에는 적잖은 사람들이 이미 관람을 하고 있었다.

입구에서 티켓을 끊고서 우리 둘은 두근거리는 마음을 안고 안으로 들어갔다. 조명은 어둑어둑 했다. 눅눅한 느낌의 지하실 냄새가 나의 코를 찔러 왔다. 서영과 나는 천천히 돌아보며 해적과 관련된 여러 물건들과 그림들을 관람하기 시작했다.

이벤트 성격의 상업적 박물관이다 보니 역사에 대한 깊은 고찰과 유물이 있다기보다는 대체로 조잡한 모조품들이 더 많았다. 하지만 그래서 오히려 더 재미있게 느껴졌다.

유명한 해적들의 이름과 그들의 일대기도 자세히 적혀 있었다.*

-프랜시스 드레이크-

1543년의 2월(혹은 3월), 프랜시스 드레이크는 남부 잉글랜드 데본의 타비스톡(Tavistock)에서 12명의 자식 가운데 장남으로 태어남. 농민이었던 아버지 에드먼드 드레이크는 프로테스탄트로서 후에 목사가 됨. 열 살을 넘겼을 무렵부터 이미 인근의 늙은 선장 밑에서 항해에 종사. 선장으로부터 근면함을 인정받아 배를 한 척 물려받은 드레이크는 그것을 팔아 모험을 시작함.

* 해적 인물에 대한 일대기는 구글 위키백과를 참고하였음.

친척 존 홉킨스 밑에서 노예무역에 종사. 1568년 자신의 배를 가진 선장이 됨. 그 후로도 존 홉킨스의 선단에 참가. 베라크루스 부근에서 에스파냐 해군의 기습을 받고 선단은 거의 괴멸 상태가 됨. 하지만 드레이크는 목숨을 건져 영국으로 귀항. 이때부터 드레이크는 에스파냐에 대한 복수심을 품기 시작함.

1569년에 메어리 뉴먼(Mary Newman)과 결혼. 1570년 이후부터 드레이크는 서인도 제도의 에스파냐 선박이나 식민지 마을을 습격하는 등의 해적 활동을 본격적으로 시작. 1573년에는 파나마에서부터 금·은을 운송하던 에스파냐 선박들을 습격해 막대한 재보를 획득.

1577년 11월, 배수량 약 300t의 갤리온선 골든 하인드 호(Golden Hind)를 중심으로 한 다섯 척의 함대를 이끌고 플리머스 항을 출항. 대서양에서 마젤란 해협을 거쳐 태평양까지 진출. 칠레나 페루 연안의 에스파냐 식민지와 배를 덮쳐 막대한 재보를 약탈. 그 중에는 에스파냐 왕의 재보를 실은 카카푸에고 호 등도 포함됨. 카카푸에고 호에는 은 26t, 금 80파운드, 화폐와 장식품 13상자 등 모두 20만 파운드 상당의 재물이 적재되어 있었다고 여겨지며, 이 보물을 옮겨 싣는 데만 5일이 걸렸다고 함. 그 후 태평양을 가로질러 모루카 제도, 나아가 인도양에서 희망봉을 돌아

영국으로 귀국. 페르디난드 마젤란에 이어 두 번째의 세계 일주를 달성.

1578년에 혼 곶과 드레이크 해협을 발견.

1580년 9월, 골든 하인드 호가 프리마스 항에 귀항. 항해 중에 얻은 금은보화는 영국 여왕 엘리자베스 1세에게 헌납. 이는 30만 파운드를 넘는 것으로 당시 잉글랜드의 국고 세입을 초과함. 에스파냐 측에서는 드레이크의 처벌을 요구했으나 엘리자베스 1세는 오히려 그를 영국 해군의 중장으로 임명함과 동시에 훈장을 수여(제독의 칭호).

1581년에는 플리머스의 시장으로 선출. 에스파냐와의 국교 악화로 다시 바다로 돌아와 에스파냐령에 대한 공격을 지휘. 이때 여왕은 영국 해군의 병력까지 직접 내주면서 드레이크를 적극 지원. 에스파냐의 왕 펠리페 2세가 무적함대 아르마다를 내세워 영국을 공격하게 되는 계기가 되었음.

1588년 찰스 하워드를 사령관으로 하는 영국 함대에서 부사령관으로 활약. 화약과 기름을 싣고 불을 붙인 배를 적의 함대로 보내는 해적식 전법을 통해 당시 무적함대라 불리던 에스파냐 함대를 궤멸.

이후 하워드 제독과의 갈등으로 드레이크는 부제독 자리에서 해임. 드레이크는 하워드 제독의 명령을 무시하고 독단적으로 행동했으며, 약탈에 몰두하다가 자신의 함대를 잃게 됨. 하지만 그가 약탈한 금을 엘리자베스 1세에게 바침. 이를 통해 전쟁 비용으로 파산 위기에 몰렸던 영국 왕실의 재정은 다시 풍족해져 당시 징발된 상선과 군사에게 후한 급료를 줄 수 있게 됨.

이러한 이유로 혹자는 드레이크를 실질적인 전쟁의 일등 공로자라고 보기도 함.

-에드워드 티치-

검은 수염 에드워드 티치(Edward Teach "Black beard", 1680년경~1718년 11월 22일)는 서인도 제도와 미주 동부 해안에서 활동하던 18세기의 악명 높은 잉글랜드계 해적. 초기 생애에 대해서는 알려진 바가 거의 없으나, 잉글랜드 브리스틀에서 출생한 것으로 추측.

1716년을 전후해서 호르니골드 해적단에 입단. 호르니골드는 이후 해적질을 하다가 나포한 슬루프 한 척을 티치에게 맡겼고, 둘은 셀 수 없이 많은 해적질을 하였음. 해적단은 계속 배를 나포하면서 세력이 커져감.

프랑스 상선 한 척을 나포한 티치는 배의 이름을 앤 여왕의 복수 호라고 명명하고 대포 40문을 장비.

유명 해적으로 부상한 티치는 빽빽한 검은 수염과 공포

스러운 외모로 '검은 수염(Black beard)'이라는 별명을 얻음. 이후 해적 동맹을 결성하여 사우스캐롤라이나 찰스턴 항을 봉쇄. 찰스턴 시민들에게서 돈을 뜯어낸 뒤 티치는 앤 여왕의 복수 호를 노스캐롤라이나 뷰포트 인근의 모래톱에 좌초시키고 노스캐롤라이나 바스 읍에 정착하여 사면령을 받아들임. 그러나 얼마 뒤 티치는 다시 해적으로 복귀.

1718년 11월 22일 로버트 메이너드 중위가 이끄는 군대의 공격을 받은 티치는 격렬한 전투 끝에 사망.

-존 라캄-

존 라캄(John Rackham, 1682년 12월 27일~1720년 11월 18일)은 바하마와 쿠바 일대에서 활동했던 18세기 영국계 해적. 해적의 황금시대(1690년~1730년) 후반부에 활동한 라캄은 현재 가장 유명한 '해골과 칼 해적기'를 만든 장본인. 두 명의 여성 부하(메리 리드, 앤 보니)를 데리고 있었음.

라캄은 1717년에 해적질을 시작해 찰스 베인의 휘하에 있다가 1718년에 그를 몰아내고 두목이 됨. 1719년에 사면령을 받아들이고 뉴프로비던스 섬에 가서 잠시 거주. 이곳에서 유부녀였던 앤 보니를 만남.

1720년에 영국군 슬루프 함을 훔쳐 보니와 함께 다시 해적이 됨. 이후 라캄은 해적 사냥꾼 조너선 바네트에게 붙잡혔고, 그해 11월에 자메이카에서 목이 잘림.

-앤 보니-

앤 보니(Anne Bonny, 1702년 3월 8일~1782년 4월 22일)는 카리브 해 일대에서 활동한 아일랜드계 해적.

초기 생애에 대해서는 알려진 바가 거의 없으며, 젊어서 북아메리카로 이주. 이주한 지 얼마 되지 않아 어머니가 죽었고, 아버지는 변호사가 되려 했으나 뜻을 이루지 못한 채 생계를 위해 상업에 뛰어들었음. 이후, 상당한 재산을 축적.

보니는 붉은 머리카락을 가졌으며 성격이 남성적이었음. 이후 아버지의 재산을 노린 가난한 선원 제임스와 결혼.

바하마로 건너간 보니는 그 지역 해적을 대상으로 하는 술집을 경영. 이곳에서 존 라캄을 만나 그 애인이 됨. 이후 라캄의 아이를 낳고, 남편과 이혼한 뒤 라캄과 재혼. 보니 및 메리 리드가 포함된 라캄 해적단은 슬루프함 리벤지 호를 탈취하여 도주. 해적질을 시작.

1720년, 라캄 해적단이 해적 사냥꾼 조너선 바네트에게 나포. 대부분의 선원들은 술에 취하거나 잠이 덜 깨서 저항 불능 상태였지만 보니와 리드, 그리고 이름을 알 수 없는 남자까지 세 명은 끝까지 격렬히 저항. 라캄 해적단은 모조리 자메이카로 송치되어 사형을 선고.

보니와 리드는 임신 중이었기에 사형이 유예. 수감된 라캄을 본 보니는 "남자답게 싸웠다면 개처럼 목 매달릴 일도 없었을 것이다."라고 힐난.

리드는 출산 후유증으로 추측되는 열병으로 1721년 사망. 보니는 아버지의 로비에 의해 석방되어 사우스캐롤라이나로 돌아가 그 지역 남자와 결혼. 점잖은 부인으로 살다가 1782년에 향년 80세로 사망.

-메리 리드-

메리 리드(Mary Read, 1690~1721년 4월)는 영국계 해적. 해적의 황금시대 절정기였던 18세기 전반에 보니와 더불어 활동한 여성 해적.

17세기 후반에 어느 선장과 과부 사이의 사생아로 태어남. 메리의 오빠 마크가 어려서 죽자 메리의 모친은 마크의 할머니에게 재정적 도움을 받기 위해 사생아인 메리를 남장시켜 마크로 속여서 키웠음. 할머니는 속아 넘어갔고, 메리 모녀는 그 유산을 상속받음. 계속 남장한 채로 살다가

급사로 취직, 뒤이어 배의 선원이 됨.

이후 남장한 채 영국군에 입대한 리드는 9년 전쟁(스페인 왕위 계승 전쟁)에 참전. 플랑드르 출신 군인과 눈이 맞아 결혼. 남편이 요절하자 리드는 다시 남장하고 네덜란드군에 입대하여 다시 군인 생활을 하였음. 하지만 번번이 승진이 누락되자 전역하고 서인도 제도로 떠남.

서인도에서 리드가 탄 배가 해적에 나포. 동료 해적이 되라고 강요받음. 결국 해적이 되었다가 1718년에 사면령을 받고 일반 선원이 됨. 1719년에 선상 반란에 참여하여 다시 해적이 되었음.

1720년에 존 라캄의 해적단에 들어가 앤 보니를 만남. 그때까지도 리드가 남장을 하고 다녔기 때문에, 보니는 리드를 그저 잘 생긴 남자 정도로만 생각하고 가까이 지냈음. 보니의 애인이었던 두목 라캄이 노하여 리드를 죽이려고 했을 때, 어쩔 수 없이 리드는 자신이 여성임을 밝힘.

1720년, 해적 사냥꾼 조너선 바네트가 라캄 해적단을 공격, 라캄 이하 모든 선원들이 붙잡혀 재판에 끌려감.

남성 선원들은 모두 목이 매달렸지만, 리드와 보니는 임신 중이라 사형이 유예. 자메이카 감옥에 수감되어 있던 리드는 1721년 4월에 출산 후유증으로 추측되는 열병으로 사망.

-에드워드 로-

에드워드 네드 로(Edward Ned Low, 1690년경~1724년경)는 해적의 황금시대 후기인 18세기 초기에 활동한 악명 높은 영국계 해적. 1690년경에 런던 웨스트민스터의 가난한 집에서 태어나 어렸을 때부터 도둑질을 시작. 그 뒤 메사추세츠의 보스턴으로 이사. 1719년에 아내가 출산 후유증으로 사망했고, 2년 뒤 해적이 되어 뉴잉글랜드와 아소르스 제도, 카리브 해 일대에서 활동.

로 해적단은 최소 1백 척 이상의 배를 나포, 그 중 대부분을 불살라 버림. 로 해적단이 활동한 기간은 불과 3년밖에 되지 않지만, 희생자를 죽이기 전에 고통스럽게 고문하여 당대 가장 잔인한 해적으로 악명을 떨침.

아서 코난 도일 경**은 로를 "야만적이고 대단히 위험한, 놀라울 정도로 그로테스크한 잔혹성을 가진 남자"라고 묘사. 1892년자 《뉴욕 타임즈》는 로를 암흑시대 스페인 종교재판에서나 찾아볼 수 있는 잔혹한 고문자라고 기술. 로는 대략 1724년경에 사망한 듯하나 장소와 정황이 분명하지 않음.

여기까지 읽어 나가고 있을 때쯤 서영의 목소리가 들려

** 셜록 홈즈 시리즈를 창작한 영국의 유명 추리 소설가

왔다.

"선배, 여기 좀 봐!"

나는 고개를 돌려 서영이 가리키는 곳을 보았다. 그곳에서 익숙한 이름을 볼 수 있었다.

'존 클라크.'

희경 누나의 이야기 속에서 등장했던 바로 그 이름이었다. 나의 양 미간이 움찔 하는 것을 느꼈을 찰나,

"와! 클라크, 정말로 있었던 해적이야?"

하는 서영의 목소리를 들었다.

이내 나는 피식 웃으며 서영에게 말했다.

"희경 누나가 해적 이름 정도는 몇 명 알고 있었겠지."

서영은 나를 보며 배시시 웃어 보이다가 예의 그 초롱초롱한 눈빛을 어디론가 돌리며 내게 말했다.

"저기 봐! 저기 예쁜 여자의 그림이 있는데?"

서영의 이야기에 나는 또 그곳을 향해 걸어가며 그림을 보았다.

아름다운 여자의 그림 아래에는 그 여인이 누구인지 이름이 적혀 있었는데 그녀의 이름은 '레제'였다.

프랑수아 레제!

그림의 여인이 정말 레제를 정확히 그렸는지, 아니 그보다 프랑수아 레제가 희경 누나의 이야기 속에 등장하는 그

레제가 맞는지 알 수 없으나… 그림 속 여인은 기나긴 붉은 색 머리카락을 가졌고 어깨가 볼록한 푸른 빛깔의 옷을 입고 있었으며 한 손에는 황금빛 열쇠를 가지고 있었다.

그 열쇠를 보게 된 나는 또 한 번 나의 미간이 움찔 하는 것을 느낄 수 있었다. 그리고 나도 모르게 코트 안주머니에 손을 넣어 뒤적이기 시작했다.

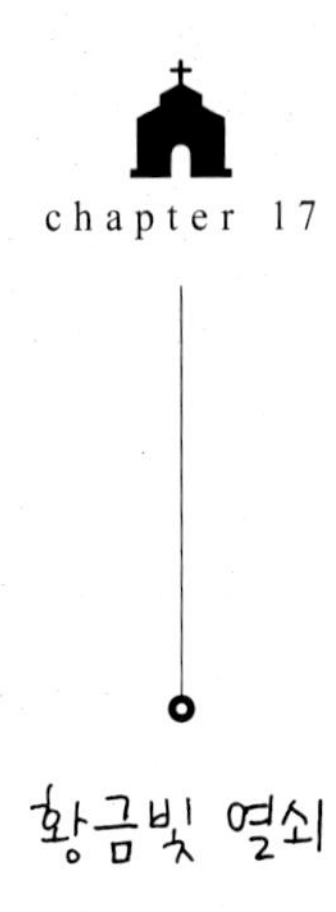

박 선생님께 졸라대어 제자가 되기로 약속을 받아낸 희경, 그리고 그녀의 동조자들인 혁준, 영석, 현성은 지하 1층에 위치한 보헤미안 커피집을 나와 계단을 오르고 있었다. 다들 희경으로부터 들었던 드라마 같은 스토리에 여전히 들떠 있었다.

"희경아, 어떻게 눈 하나 깜짝 안하고 그런 거짓말이 술술 나오니?"

이런 이야기를 시작한 것은 가장 먼저 앞장 서 가던 영석이었다. 이에 혁준이 바로 말을 이었다.

"그게 다 거짓말이겠어? 자신의 경험과 그동안 보아왔던 영화 및 동화 등을 마구 섞어서 이야기했겠지."

형들의 이런 저런 이야기를 듣고 있던 현성 역시 다소 흥분된 목소리로

"정말로 누나는 대단한 것 같아요. 오늘의 일은 모두 누나가 멋진 이야기로 박 선생님의 마음을 얻어내어서 이루어진 거잖아요?"

이렇게 말하며 오른손 엄지손가락을 치켜세웠다.

"호호호호."

희경은 그들의 이야기를 들으며 그저 웃기만 했다.

이들 네 명은 집으로 돌아가기 위해 안암역 쪽에 있는 버스 정류장에서 버스를 기다렸다. 이때 갑자기 혁준이 무언가 살 것이 있다며 정류장 옆 편의점으로 향했고, 영석 역시 혁준을 따라 편의점으로 들어갔다.

현성과 희경, 둘만 남게 되자 희경이 입을 열었다.

"현성아."

"네?"

"이게 뭔지 알아?"

희경은 주머니에서 무언가를 꺼내더니 현성의 눈앞에서 천천히 흔들어 대었다. 그것은 황금빛깔의 열쇠였다.

"열쇠요."

라고 말하는 순간 현성의 머릿속에 어떤 생각이 스치고 지나갔다. 그리고 현성은 피식 웃으며 희경에게 말했다.

"에이~ 누나, 그게 아까 말한 그 보물 상자 열쇠라고 하려고 그러는 거죠? 흐흐! 그런 농담은 초딩도 안 속을 듯."

"어머~! 진짜야, 얘! 아까 내가 말한 거 모두 사실이라구. 그리고 이 열쇠는 그 열쇠가 맞다니깐?!"

"큭큭큭, 알았어요! 그렇다고 치죠."

현성은 키득 키득 웃어댔다. 희경은 더욱 정색하며,

"'치죠.'가 아냐! '치죠.'가! 진짜라니깐?!"

"하하하하! 알았어요. 진짜~!"

"그러니까 현성아."

"네?"

현성은 채 웃음이 가시지 않은 얼굴로 희경을 보았다.

"이거 선물로 줄게!"

"아니, 이걸 갑자기 왜 제게 준다고 그래요? 뭐, 사양할 이유는 없지만요."

현성은 희경의 계속된 장난이 재미있어서 웃음만 나올 뿐이었다. 더구나 이런 순간에도 계속되는 희경의 진지한 표정을 보노라면, 이 누나의 장난 내공은 그야말로 장난이 아닌 듯했다.

희경에게서 건네받은 황금빛 열쇠는 가까이서 보니 꽤나 멋진 구석이 있었다. 열쇠 끝부분에 다소 조잡해 보이기는 하지만 보석 비슷한 돌이 박혀 있는 것이 은근히 고풍스러운 느낌을 잘 살려 주었다. 열쇠를 보고 있던 현성에게 희경의 목소리가 들려왔다.

"그 열쇠를 잘 간직하고 있으면 언젠가는 내가 말한 것처럼 그 보물 상자를 마주하게 되는 그런 순간이 올 거야."

"헤헤헤. 누나, 그러면 저 부자 되는 건가요? 그 안에 보물이 가득 하려나?"

"그건 아니지. 아까 이야기했듯 보물은 이미 몽땅 사라져 버렸으니. 하지만 그 상자를 열게 되면 또 다른, 훨씬 소중한 진짜 보물을 가지게 될지도 몰라. 그걸 놓쳐서는 안 돼!"

현성을 바라보는 희경은 짐짓 단호한 표정을 짓는 듯했으나 잠시 뒤 현성을 향해 다시 웃어보였다.

"그럼 누나의 말을 잘 기억해서 그런 순간이 온다면 그 소중한 무언가를 절대 놓치지 않을게요."

현성의 말에 희경은 소리 없는 미소로 답했다.

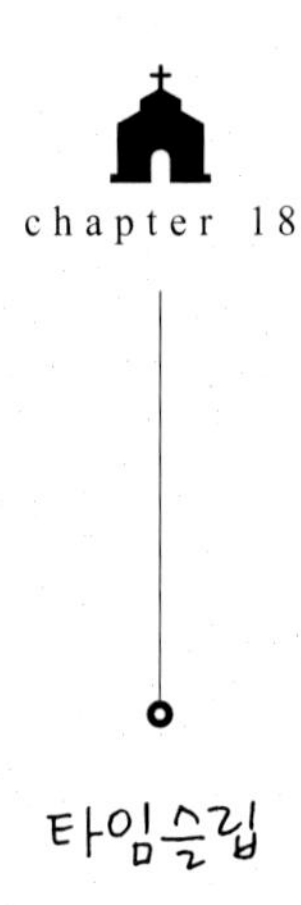

chapter 18

타임슬립

나는 코트 안쪽 주머니에서 황금빛 열쇠를 꺼냈다. 그리고 그림 속 레제가 가지고 있는 열쇠와 대조해 보았다. 모양이 비슷하긴 했으나 완전히 똑같은 건 아니었다. 하지만 고풍스러운 분위기를 내는 보석 같은 돌이 박혀있는 부분만큼은 내가 가진 열쇠와 그림 속의 열쇠 모두 쌍둥이처럼 닮아 있었다.

"어머!"

서영은 살짝 놀라는 표정으로 나를 보았다. 그리고는 이내 홍미 가득한 표정을 지으며,

"그 열쇠는 아까 내게 보여준 희경 언니의 열쇠?"

나는 가볍게 고개를 끄덕였다.

레제의 그림과 클라크의 그림 옆에는 그들의 일대기가 적혀 있었고, 그 아래에는 나무로 된 상자가 놓여있었다. 나도 모르는 사이 자연스레 나는 그 상자 앞으로 조금씩 조금씩 다가가고 있었다.

꿀꺽!

침을 삼키는 소리가 서영이 쪽에서 들려오는 듯했다.

열쇠를 상자의 열쇠구멍으로 넣어보기 위해 내가 몸을 서서히 숙이고 있을 때, 어디선가 낯선 목소리가 들려왔다.

"그 상자는 열리지 않아요! 그게 언제 만들어진 거라고 생각하세요? 클라크와 레제의 유물로 몇 백 년 전 대항해 시대 때 만들어진 거예요. 여기저기 많이 파손되어 있어서 차라리 부수기는 쉬워도 열쇠로 열기는 오히려 어렵죠."

박물관 관리 직원의 말이었다. 다소 젊어 보이는 청년이었다. 이곳에서 아르바이트를 하는 대학생 같았다.

"이래봬도 제가 해적 덕후거든요. 모르는 게 없어요. 해적에 관한 것이라면. 그 상자의 열쇠 구멍 옆에 쇠로 된 부분을 잘 보세요. 거기에 어떤 문양이 보이죠? 그건 당시 영국 왕실과 관련된 귀족 가문을 상징하는 거예요. 왕실과 가까운 귀족에 의해 만들어 진 것이죠. 그 귀족의 이름까지는 기억나지 않지만 제가 해적 관련 책들을 뒤적이다 본

적이 있어요. 물론 그런 문양이 있다는 이유만으로 그 당시에 만들어 진 것이라 100퍼센트 확신할 수는 없겠죠.

하지만 저는 분명 그렇게 믿고 있는 거예요. 모조품이라면 굳이 그렇게 낡은 생김새로 만들 필요가 없잖아요? 마모된 부분의 자연스러움. 적당히 파손된 궤짝! 해적 전문가인 저는 그 상자가 모조품이 아니라 진품일 수밖에 없다는 걸 잘 알 수 있어요."

아르바이트생의 이야기 속에는 여러 가지 허점들이 많았으나 별다른 반론을 제기하지는 않았다. 실은 나 역시 그 알바생처럼 그렇게 믿고 싶은 마음으로 가득했다.

"잠깐만요! 그런데 그 열쇠 어디서 난 거죠? 18세기 열쇠가 박물관이 아닌 아저씨의 손에 있을 리는 없을 테고. 아저씨, 방금 그 열쇠로 이 상자를 열어보려고 했죠? 만약 아저씨의 그 가짜 열쇠로 이 상자가 열린다면 제 생각과는 달리 이건 모조품이 틀림없겠네요. 갑자기 저도 무척 궁금해지는 걸요? 제 믿음이 맞는지 틀렸는지 알고 싶어져요. 괜찮으니 한번 열어 봐 주실래요?"

나와 서영은 함께 아르바이트생을 바라보았다. 이제껏 우리들 중 누구도 자신의 이야기에 대꾸를 하지 않았는데도 혼자서 잘 얘기하는 걸 보니 타고난 수다쟁이 같았다.

뭐, 이곳은 홍대 앞이지 않은가? 이 동네에서는 어떤 종

류의 사람을 만나도 전혀 이상할 것이 없다.

나는 여전히 별다른 대꾸를 하지 않은 채 열쇠를 상자로 가져갔다.

이 상자가 열린다면 아르바이트생은 자신의 믿음이 깨어진다고 생각하는 듯하다. 하지만 그건 희경 누나의 이야기를 듣지 못한 사람의 생각일 뿐. 이 상자가 열린다면 오히려 나는 이 상자가 클라크와 레제의 유품이 맞을지도 모른다는 생각을 더욱 강하게 할 것이다.

나는 황금빛 열쇠를 구멍에 넣고서는 손을 오른쪽으로 돌렸다.

철컥!

둔탁한 쇳소리와 함께 상자는 약간의 틈을 보였고, 나는 조심스레 두 손을 가져가 벌어진 윗부분을 들어 올렸다. 경첩을 따라 끼익 소리를 내며 상자는 열렸고 우리 모두는 그 안을 향해 눈길을 던졌다. 안에는 아무것도 들어있지 않았다.

아르바이트생은 갑자기 꿀 먹은 벙어리가 되더니 상심한 표정으로 돌아섰다. 하지만 나와 서영은 오히려 놀라며 서로를 바라보았다.

나는 서영을 향해 웃으며 이야기했다.

"뭐, 아무것도 없네. 하하하!"

"그런데 선배, 되게 재미있다. 이 열쇠는 그 희경 언니라는 사람이 준 거 맞지?"

"응, 맞아. 내게 이런 말을 하면서 주었지. 이 열쇠를 가지고 있으면 언젠가는 열쇠와 맞는 상자를 마주하게 될 것이고, 그 상자를 열어보면 아주 소중한 무언가를 얻게 될 것이라고 말야. 하지만 보다시피 아무것도 없잖아? 크크크."

나는 오히려 단순하게 생각하기로 마음먹었다. 희경 누나가 준 열쇠와 상자가 우연히 들어맞았던 것이라고. 그리고 지금 내게 있어 소중한 것이라는 건 후배와 함께하는 오랜만의 즐거운 시간. 이 정도로 정리하면 될 일이었다.

우연히 서영과 희경 누나에 대한 이야기를 하게 되었고, 또 우연히 들르게 된 해적 박물관까지. 오늘 밤 서영과 나는 다른 그 누구보다 훨씬 즐거운 순간을 만끽하고 있는 중이었다.

우리는 서로를 바라보며 다시 한 번 소리 내어 웃었다. 그러는 사이 어느새 지하에 있던 박물관을 나와 밖으로 향하는 계단을 오르고 있었다.

앞서 계단을 오르고 있던 내게 서영은 한마디 던졌다.

"희경 언니가 경험한 건 혹시 타임슬립이었으려나?"

"타임슬립?"

나의 질문에는 아랑곳하지 않고서 서영은 자신의 얘기

만을 계속해 나갔다.

"분명한 건 말이지, 희경 언니는 크리스마스 날 갑자기 사라져서 자취를 감추었고 그 이후로 누구도 본 적이 없어. 그리고 그 언니의 이야기 속에 등장했던 해적은 이곳 해적 박물관에 이름이 올라와 있는 것으로 봐서 실존했던 인물이 분명하고 말야. 게다가 그 해적의 유품이라고 소개된 상자가 선배가 가지고 있던 바로 그 열쇠로 떡하니 열려버렸어. 그 열쇠는 물론 희경 언니가 선배에게 주었던 것이고. 세상에 이런 우연이 또 있을까?"

서영은 무언가 더 추리를 해야 한다는 그런 표정을 짓고 있었다. 호기심 가득한 눈빛을 내게 보내고 있는 서영을 보면서 오히려 내가 그녀에게 방금 전 했던 질문을 다시 던졌다.

"근데, 그 타임슬립이라는 게 뭐니?"

"뭐, 말 그대로 시간에서 미끄러진다는 뜻이지. 그래서 시공간을 넘어 과거로 갔다가 다시 현실로 오는 그런 현상!"

"크크크. 그게 말이 되니?"

나의 말에 서영은 눈을 크게 뜨며 목소리를 높였다.

"아냐! 선배가 모르는 거야. 그걸 체험했다는 사람들이 여럿 있는 걸?"

나는 천천히 계단을 마저 오르며 말을 이었다.

"대체 누가?"

서영은 나를 따라오며 타임슬립에 대하여 열심히 이야기하기 시작했다.

"1974년에 '보 오르소'라는 사람이 캘리포니아에 있는 로우 산에서 산행을 했거든? 듣고 있어? 선배!"

나는 앞을 바라본 채로 서영에게 말했다.

"듣고 있어."

건물 밖을 나오자 차가운 겨울바람이 나의 얼굴을 스치고 지나갔다.

"그런데 그 사람이 산 중턱에 호텔이 하나 있는 것을 발견했어."

"그래서?"

나와 서영은 다시금 어깨를 나란히 하고 걷고 있었다. 홍대 앞이니만큼 늦은 밤에도 수많은 젊은이들이 이곳저곳을 바쁘게 걸어다니고 있었다. 먼 곳에서 버스킹 공연을 하는 노랫소리도 간간히 들려왔다.

서영은 마치 자신이 타임슬립 경험자라도 되는 양 내게 열을 내어 설명을 이어가고 있었다.

"산에 호텔이 있다는 게 좀 이상하게 생각되어 가까이 가보았는데 호텔 직원 같은 사람이 분주히 오가는 것을 멀리서 보고는 '여기에 호텔도 있구나~'라고 생각하며 다시 자신의 산행을 계속했지. 그 일이 있고서 며칠 후, 그는 로우 산에 대한 책을 우연히 읽게 되었는데 거기에는 1937년 호텔이 화재로 소실되었다는 내용이 적혀 있었어. 오르소가 산행을 한 해는 1974년이라고 내가 아까 이야기했지? 그렇다면 이미 37년 전에 화재로 소실된 호텔을 목격했다는 게 되지. 오르소는 다시 그곳을 찾아갔지만 호텔 같은 건 전혀 찾아 볼 수 없었다고 해."

나는 서영의 이야기에 다소 심드렁하게

"그 사람이 뭔가 착각했나보지. 그보다 베스킨라빈스 아이스크림 어때? 나는 오히려 이런 초겨울에 아이스크림이 더 땡기더라"

서영은 내게 슬쩍 눈을 흘기며 목소리를 높였다.

"또 있어, 선배! 타임슬립에 대한 사례가!"

이렇게 말하면서도 서영은 나를 따라 베스킨라빈스 안으로 성급히 들어왔다. 31가지나 되는 맛에서 한 가지 맛을 골라야만 하는 깊은 고뇌의 순간에도 서영의 타임슬립에 대한 이야기는 계속되고 있었다.

"1968년의 일이야. 아르헨티나에 사는 비달 부부는 부에노스아이레스에서 차를 타고 가고 있었는데, 그 뒤에 친구 로오캄 부부가 따라가고 있었어. 그런데 갑자기 비달 부부의 차가 사라져 버린 거야. 짙은 안개에 휩싸이며 말이지."

"무슨 맛 먹을 거야?"

나의 질문에 서영은

"레인보우 샤베트."

라고 재빨리 말한 뒤,

"로오캄 부부는 깜짝 놀라 경찰에 신고를 했고 비달 부부를 찾기 위한 수색이 한창 벌어졌는데 말이지. 그런데 글쎄, 놀랍게도 비달 부부는 이틀 뒤에 멕시코에서 발견된 거야. 무려 7천㎞나 떨어진 곳. 차를 타고서 이틀 만에 갈 수 있는 그런 거리가 아니잖아?"

"서영아, 아이스크림 먹으면서 얘기하렴."

나는 서영에게 레인보우 샤베트가 담겨져 있는 아이스크림 콘을 건네주었다. 그리고 나는 평소 즐겨먹는 바닐라 맛을 선택했다.

"선배, 베스킨라빈스의 바닐라는 뭐 특별한 거 있어?"

"아니? 똑같아서 먹는 건데? 바닐라가 바닐라지."

"선배 바보 아냐? 그럼 비싼 돈 들여서 베스킨을 왜 먹어? 그냥 편의점에서 바닐라 맛 아이스크림 먹으면 되지."

듣고 보니 그럴듯한 서영의 얘기에 나는 멋쩍은 듯 웃을 뿐이었다. 그리고 얼른 서영에게,

"그래서, 타임슬립에 관한 또 다른 사례도 있니?"

라며 말을 돌렸다.

"1997년 '코스트 투 코스트'라는 미국 라디오 쇼가 있었어. 거기에 어떤 사람이 전화를 하더니 자기가 미래에서 온 시간 여행자라고 얘기하지. 그래서 쇼 진행자가 그걸 증명할 수 있냐고 하니까 전화를 한 사람이 말하길, 자신이 TV를 보니 플로리다 주 주변을 항해하던 어떤 유람선에서 화재가 났는데 CNN이 생중계를 단독으로 하더라는 이야기를 해. 그런데 1998년 7월에 실제로 그 사건이 발생하고 CNN이 그 사고를 생중계 하게 되지."

여기까지 말하던 서영은 잠시 나를 보더니 다소 진지한 표정으로

"과연 그는 시간 여행자였을까?"

라고 내게 물었다.

나는 별다른 대답은 하지 않은 채 바닐라 아이스크림의 달콤한 맛을 느끼고 있었다. 그리고 천천히 입을 열었다.

"그래서, 네 얘기는 희경 누나도 타임슬립을 경험했다는 거니?"

나의 반문에 서영은 한발짝 물러나듯,

"아니, 꼭 그렇다기보다는 그냥 오늘 이야기의 조각들을 맞춰보자면 타임슬립도 생각해 볼 수 있다, 그런 거지. 호호호."

실은 나도 서영의 이야기가 내심 와 닿기는 했다. 그만큼 희경 누나는 내게 있어 신비로운 이미지로 남아 있나보다.

베스킨라빈스를 나오며 우리는 다시 홍대의 밤거리를 걸었다. 쌀쌀한 날씨에 코트 깃을 여미다 서영이도 나와 같은 회색 코트를 입고 있다는 것이 새삼 눈에 들어왔다. 꽤나 잘 어울린다는 생각이 들었다.

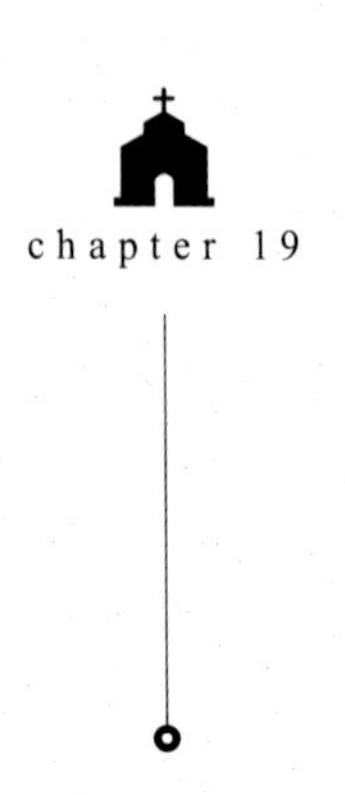

북콘서트

"그 날, 저는 정신없이 길을 걸었습니다. 그러다가 문득 집으로 돌아가고 싶다는 생각이 들었어요. 어릴 적 부모님과 함께 살던 바로 그 집 말이죠. 그길로 저는 저의 고향 마을을 찾아갔어요. 많은 것이 변하기도 했지만 또 어떤 건 그대로이기도 했지요."

청중들을 바라보며 이야기하는 여인의 목소리는 차분하고 잔잔하였다. 여류작가의 팬들이 모인 이곳에서 그녀는 자신의 새 작품과 관련된 이야기를 하고 있었다.

"다행히도 예전 마을 사람들이 여전히 살고 계셨습니다. 저를 보고 매우 반가워 해주셨어요. 실은 어디서 머물지도 정하지 않고서 무작정 고향 마을을 찾은 것이었으니, 지금 생각해보아도 참 무모하기 짝이 없는 그런 결정이었죠. 아마도 십대였기 때문에 내릴 수 있었던 결단이었나 봐요. 물론 한편으론 더 이상 삶에 대한 애착이 남아있지 않았기에 가능했던 행동이기도 했죠."

여기까지 말한 긴 생머리의 여인은 예의 그 검은색 뿔테 안경을 살짝 치켜 올리며 말을 이어 나갔다.

"어쩌면 하나님의 인도하심이란 건 가장 절망적일 때 비로소 기적처럼 뜨겁게 다가오는 것인지도 모르겠어요."

그녀의 한마디에 좌중은 더욱 고요해지는 듯했다. 마치 그녀의 숨소리 하나까지도 놓치고 싶지 않은 것처럼.

"예전 저의 초등학교 담임 선생님이 여전히 계시더라구요. 오갈 데 없던 저를 학교 숙직실에서 생활할 수 있게 힘써주셨어요. 그분은 제게 어머니와 다름없는 분이세요."

뿔테 안경의 여인은 자신의 오른손으로 가장 앞줄 중간에 앉아 있는 한 노부인을 가리켰다. 그녀는 어느새 손수건을 꺼내어 자신의 눈 주변을 닦았고, 그 노부인 역시 감개가 무량한 듯 눈물을 흘리고 있었다. 좌중에서 박수소리가 들려왔다.

"일단 아르바이트부터 시작을 했어요. 닥치는 대로 일을 한 거죠. 거의 안 해본 일이 없었어요. 어디서 어떤 일을 하든, 쉬는 시간이면 제가 손수 커피를 끓여서 사장님께

드리곤 했어요. 제 커피를 맛보신 분들은 언제나 저의 커피만 찾으시죠. 저의 작은 재주 덕분에 일하는 곳에서는 항상 사람들과 금방 가까워 질 수 있었어요. 그런 와중에 틈틈이 글을 쓰기 시작했어요. 물려받을 재산도 없고, 그렇다고 좋은 대학을 나온 것도 아니었기에 그나마 돈 없이 시작할 수 있는 건 글 쓰는 일 밖에 없더라구요. 그래서 쓰기 시작했습니다."

말을 잠시 멈춘 그녀는 테이블 위의 유리잔에 담긴 물을 한 모금 마시고는 담담히 이야기를 이어갔다.

"처음에는 어떻게 써야 할지 막막했어요. 무엇을 써야하는지조차 결정하기 어려웠죠."

잠깐 생각하는 듯하더니,

"성냥팔이 소녀 아시죠, 여러분? 저는 바로 그 성냥팔이 소녀와 같은 상상을 했던 것 같아요. 하지만 그 상상이 너무나 생생하여 어쩌면 환상을 보았던 것인지도 모르겠어요. 아무튼 그 환상과도 같은 꿈을 적어서 처음 출간한 작품이 바로 여러분들께서 잘 아시는 '흰긴수염고래'입니다. 많은 사랑을 받았죠. 그 소설이 뜻밖의 성공을 거두어 드디어는 제가 밥벌이를 제대로 할 수 있는 그런 작가가 될 수 있었어요."

청중들로부터 박수가 또 한 번 터져 나왔다. 이곳에선 대략 40~50명 정도의 사람들이 모인 소규모의 북콘서트가 진행 중이었다.

"이 책 덕분에 바로 저, '채희진'이라는 이름이 세상에 알려졌던 겁니다."

희진은 다시 한 번 자신의 안경테를 잡고서 고쳐 쓰더니 이내 자신의 책을 들어 올리며 목소리를 높였다.

"그리고 여기 새로운 작품을 세상에 내어 놓습니다. 제목은 '에버그린 해피니스'."

정성스럽게 만들어진 하드커버 표지가 인상적인 책이었다.

"이 작품은 저의 학창시절 삶이 많이 녹아들어 있어요. 어느 순간 갑작스레 고아가 되어버린 저에게 의지할 곳이라고는 성경에 적힌 하나님이라는 존재와… 교회에서 만난 마음 착한 교회친구들 뿐이었어요. 하마터면 비뚤어질 뻔했던 저를 잡아주었던 제 삶의 구원자들이지요.

그들과의 추억을 떠올리며 적은 소설입니다. 제목이 왜 '에버그린 해피니스'냐구요? 말 그대로 늘 푸른 행복이 영원히 함께 했으면 좋겠다는 바람이 담겨있어요. 그런데 실은 한 가지 의미가 더 있어요. 그때 함께 어울리던 교회 친구들과 자주 가서 먹던 떡볶이 집 이름이 '늘 푸른 집'이었거든요. '늘 푸른 집'에서 친구들과 함께 이런 저런 대화를 나누며 떡볶이를 먹던 그 기억이 지금도 생생히 남아있어요. 정말로 행복한 시간들이었죠. '늘 푸르다'는 걸 영어로 하면 '에버그린' 아닌가요? 그리고 행복은 '해피니스.' 그래서 이번 작품 제목을 '에버그린 해피니스'라고 하였답니다.

하지만 한 가지 아쉬운 점이 있어요. 제가 최근 그 '늘 푸른 집' 분식점을 다시 찾아가 봤거든요. 여전히 남아있기는 한데 장소를 옮겼더라구요. 원래 있던 곳에서 그 맞은편으로요. 그리고 조금 더 넓어졌어요. 장사가 잘 되었기에 그렇게 할 수 있었겠죠? 좋은 일입니다. 단지 개인적으로 아쉬운 건 좁은 공간에 친구들과 다닥다닥 붙어 앉아 '후후' 불어가며 떡볶이를 먹던 그 느낌을 다시는 맛볼 수 없다는 것. 떡볶이는 사실 그렇게 먹어야 제격 아닌가요? 호호."

이야기를 하던 희진은 창밖을 바라보았다.

"어느새 밤이 많이 깊었군요. 늦은 시간에 시작한 행사임에도 불구하고 이렇게 저의 북콘서트에 와주시고 함께 해주신 여러분들께 정말로 감사의 말씀을 드립니다."

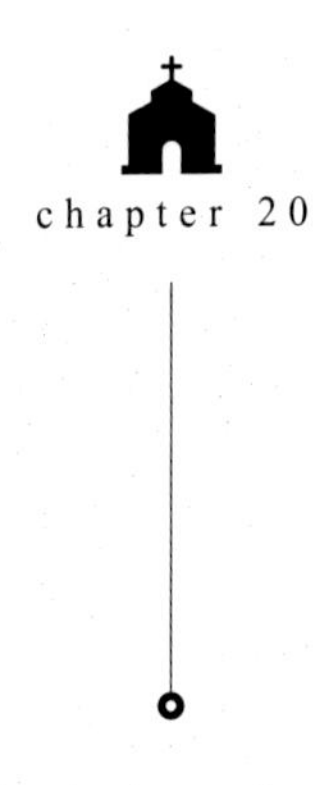

chapter 20

마법의 성

오늘은 여느 때보다 더 요란스레 떡볶이를 먹는 4명이었다. 혁준, 영석, 현성 그리고 희경까지. 대학로 낙산공원에 있을 때부터 실은 약간의 허기를 느끼고 있던 터였다. 4명이 함께 떠난 낙산공원으로의 작은 여행은 참으로 신나는 순간의 연속이었다. 웃고 떠드는 사이 이미 뱃속은 소화가 완벽하게 다 되어 있었던 것이다.

그렇게 왁자하게 떠들면서 먹던 중에 영석이 뜬금없는 이야기를 꺼내었다.

"내가 교회 회장을 해서 있어 보이려고 하는 이야기가 아니라 정말로 하고 있던 생각인데 말이지, 성경말씀을 보며 어떤 깨달음을 얻는다는 건 마치 꽉 잠겨있던 보물 상자를 열어보는 것과 같다는 생각이 들지 않니?"

영석과 함께 앉아서 열심히 떡볶이를 먹던 나머지 3명 모두가 순간 동작을 멈춘 채로 영석을 쳐다보았다.

"뭔 또 이상한 헛소리야?! 걍 먹기나 해!"

혁준이 소리를 높였다. 이때 희경이 말했다.

"아냐. 정말로 그래. 보물 상자가 아니라고 해도 보통 상자 속에는 소중한 것들을 넣어서 보관하지. 어릴 적 일기장이라든가 그 밖에 아끼는 인형이라든가 이런 저런 나름의 소중한 것들을 말야. 작은 상자 속에 그런 걸 넣어두고서 보물 상자라고 불러 본 기억은 다들 하나씩 가지고 있잖아? 성경 말씀이 정말로 세상을 창조한 존재의 말씀을 기록한 것이라고 한다면 그 한 구절 한 구절은 이미 우리에게 보물 상자나 다름없지. 믿음이라는 열쇠로만 열 수 있는 그런 상자."

"근데 가끔은 보물 상자인 줄 알았는데 열어보았더니 텅 비어 있는 때도 있잖아요. 그럴 땐 가끔 허무하다니까요. 예를 들면 이런 거죠. 어딘가에 보물이 있다는 전설을 듣고서 그것을 찾아 열심히 모험을 한 주인공이 어렵사리 그 보물 상자를 찾았는데, 열어보았더니 아무것도 없더라는. 모험을 한 이야기 속 주인공과 동료들은 한참을 아연실색해하다가 누군가 갑자기 손뼉을 치며 이렇게 말하죠. '얘들아,

우리가 여기까지 오는 동안 함께 쌓은 우정과 사랑이 우리의 진짜 보물인가 봐.'라고. 이런 건, 정말 심각한 정신승리에 지나지 않는다니까요."

조용히 떡볶이를 먹다가 입을 열고서는 따지듯 늘어놓은 현성의 얘기에 희경이 웃으며 대꾸했다.

"호호호, 현성아. 너가 아는 이야기는 그야말로 초딩들 모험 만화에나 나올 법한 이야기지. 이 누님이 다른 얘기 해줄게. 잘 들어봐."

희경은 잠깐 물을 마시더니 다시 입을 열었다.

"옛날, 오랜 옛날에 말이지. 페르시아에 한 공주가 살고 있었어. 이 공주를 사랑한 이웃나라 왕자가 있었는데, 그는 우연히 이 공주를 보고 사랑에 빠지게 됐어."

딱 두 마디를 듣고서 혁준이 바로 한마디 내뱉었다.

"진짜 식상하네. 그거 뻔한 스토리잖아? 현성이랑 다를 게 뭐야?!"

희경은 가볍게 눈을 흘기며 혁준을 쳐다본 뒤 다시 말을 이었다.

"아무튼 둘은 서로 사랑에 빠지게 되었어. 하지만 시련이 없는 사랑이란 존재하지 않는 법. 못된 마법사가 마법을 걸어 어둠의 동굴 속에 공주를 가둬 버렸지. 왕자는 그녀를 찾기 위해 모험을 떠났던 거야."

"어둠의 동굴? 그거 '더 클래식'의 노래 '마법의 성'에 나오는 가사 아니야?"

영석이 반문했으나 희경은 그의 말을 무시한 채 뭔가 뻔해 보이는 그녀만의 동화를 계속 이야기하였다.

"수많은 시련을 견뎌야 하는, 공주를 구하기 위한 모험의 클라이맥스. 마법의 성을 지나 늪을 건너 어둠의 동굴 속 저 멀리 그녀가 보이기 시작했어. 하지만 공주를 향해 가려던 왕자의 발길을 가로막은 건 바로 사악한 마법사. 마법사는 무서운 용으로 변했고 왕자와 치열한 사투를 벌였지. 용감한 왕자는 결국 마법사를 처치하고 사랑하는 공주를 구해낼 수 있었어. 그러나 그는 너무 많은 상처를 입었지. 공주를 구하기는 했지만 그 자리에서 쓰러져 눈을 감았어.

공주는 너무나 슬퍼서 한없이 울기만 했고 왕자는 그렇게 공주의 품에 안긴 채 깨어나지 않을 꿈속으로 점점 더 빠져 들었지.

왕국으로 돌아온 공주는 신하에게 이야기하여 큰 나무 상자를 만들게 했고 상자를 자물쇠로 굳게 잠그고서는 아무도 건들지 말라는 이야기와 함께 자신의 방에 소중히 간직했지. 안타깝게도 얼마 지나지 않아 공주도 시름시름 앓다가 역시 눈을 감게 돼. 왕과 왕비는 너무나도 슬펐어. 텅 빈 공주의 방을 보다가 굳게 닫힌 상자를 보고서는 왕은 명령을 내려 신하에게 그 상자를 열게 했지. 공주의 방 어느 한 구석에서 어렵사리 상자의 열쇠를 찾아낸 신하는 조심스레 상자를 열어보았어."

영석, 혁준, 현성은 어느새 희경의 이야기를 잠자코 듣고 있었다. 희경이 다음이야기를 하려는 찰나, 갑자기 현성이 외마디 비명을 질렀다.

"아! 맞다!"

"왜 그래?"

다들 놀라 휘둥그레진 눈으로 현성을 바라보았다. 현성은 주섬주섬 외투를 챙기며 자리에서 일어나 말했다.

"저 오늘 저녁에 가족들끼리 식사가 있어요. 깜빡했네! 저 먼저 좀 갈게요!"

현성은 그렇게 성급히 인사를 하고 그곳을 나가버렸다.

"와, 현성이는 좋겠다. 이 뻔한 동화의 결말을 듣지 않아도 되어서."

혁준의 말에 희경은

"뭐라고?!"

라고 소리 높여 외치며 눈을 흘기는 듯했으나 이내 자신의 이야기의 결말을 이야기하기 시작했다.

"드디어 상자가 열렸지."

희경은 혁준과 영석을 번갈아 보고서는,

"'끼이익' 하는 소리와 함께 열린 그 상자 속에는 아무것도 들어있지 않았어."

목을 가다듬고는 다시 입을 열었다.

"왕과 왕비 그리고 그 신하까지 모두 아무 말도 하지 못했어. 도대체 무엇 때문에 이 상자를 만들어서 그렇게 꼭꼭 잠가두고 있었는지 이해가 가지 않았던 거지. 이때 성의 창문 밖에서는 '후두둑' 하는 빗소리가 들려오기 시작했어. 그곳에 있던 세 명은 창 쪽으로 자연스레 고개를 돌렸지. 그런데 모두 놀라지 않을 수 없었어. 내리던 비는 글쎄, 보랏빛이었던 거지. 퍼플 레인(purple rain)."

영석이 갑자기 끼어들었다.

"에이, 말도 안 돼. 보랏빛깔 비였다니."

희경은 영석을 보면서 눈 하나 깜짝하지 않은 채 하던 이야기를 이어갔다.

"보랏빛깔의 비. 맞아. 영석이 말이 맞아. 그건 말도 안 돼. 비가 어떻게 보랏빛깔일 수 있겠어? 사실 그때 내렸던 비는 그냥 보통 비였어. 우리가 흔히 보는 그런 비. 하지만 이들 세 명의 눈에만 그렇게 보였던 거야. 그것도 꽤나 오랫동안 말이지. 하지만 이들 세 명을 제외하고는 아무도 퍼플 레인을 보지 못했고, 그저 비가 왔을 뿐이라는 성 안의 다른 사람들의 이야기를 듣고서야 왕과 왕비, 그리고 그 신하는 자기들만이 보라색 비를 보았다는 걸 알게 된 거지. 이들의 공통점은 바로 공주의 상자를 열어본 사람들이라는 것.

텅 빈 상자 속에는 아무것도 들어있지 않은 것이 아니야. 그 안에는 자신을 구해준 왕자를 향한 고마움, 그리움, 그리고 왕자를 다시 보지 못하는 안타까움 등이 가득 들어 있었던 거야. 그것이 보랏빛 비를 내리게 한 거지. 더 정확히 말하자면 상자 속에 들어있던 공주의 마음이 그곳에 있던 이들의 마음속에 스며들어가 그들로 하여금 아름답기도 하고 슬퍼 보이기도 하는 그런 보랏빛깔 비를 보게 만든 거야.

그동안 공주의 눈에 비친 세상이 그랬던 건 아니었을까? 아름다운 듯, 슬픈 듯 말이야. 뭐, 그래도 하늘나라에서 왕자와 만났을 거야. 분명히!”

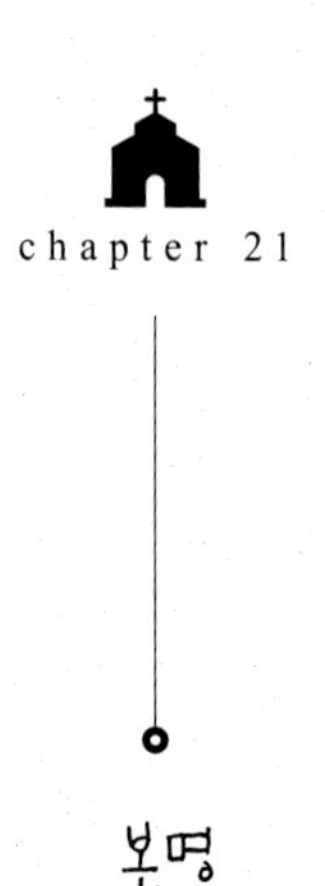

chapter 21

본명

"'여호와는 나의 목자시니 내게 부족함이 없으리로다.' 시편 23장 1절의 말씀이지요."

희진은 다소 감회에 젖은 듯한 목소리로 입을 열었다.

"하지만 저는 늘 부족한 것 투성이였어요. 남들에게는 흔하디흔한 가족 간의 단란한 사랑조차 저에게는 거의 결여되어 있는 거나 다름없었으니까요. 홉킨스 기숙사에서 부모가 없는 아이들과 함께 살던 시절, 저는 매일 밤을 눈물로 지새우곤 했었죠. 물론 겉으로는 쾌활한 척 하려 했지요. 하지만 그건 그렇게라도 하지 않으면 너무 우울해 견딜 수가 없는 저의 비명 섞인 몸부림이었어요."

계속되는 희진의 이야기를 들으며 그곳에 모인 사람들은

다소 엄숙한 분위기 속에 그녀의 입을 주시하고 있었다.

"고아라는 사실은 어디에서도 환영받지 못하는 그런 꼬리표였죠. 저의 작은 실수에도 사람들은 부모가 없어서 그렇다며 저를 경멸하듯 이야기했어요."

작은 한숨을 내쉬며 창밖을 바라보던 희진이 다시 말을 이으려는 찰나 창밖의 사람들 중에 두 사람이 눈에 들어왔다. 회색코트를 입고서 서로 열심히 무언가를 이야기하는 한 남자와 한 여자. 희진은 순간 자기도 모르게 움찔함을 느꼈다. 그리고서는 다시 고개를 돌려 청중들을 바라보며 이야기를 계속했다.

"사실 사람이 무서웠지만, 오히려 그럴수록 지지 않으려는 듯 더욱 아무렇지 않은 척 했어요. 홉킨스 재단은 기독교와 관련이 깊은 곳이기에 자연스레 교회라는 곳을 습관처럼 오고 갔죠. 깊은 신앙이 있었다거나 한 것은 아니었어요. 어렸을 적부터 억울하다고 생각했던 제가 뭐가 좋다고 하나님, 하나님 하면서 신을 향한 사랑을 외쳤겠어요? 오히려 그 반대였죠. 왜 내게 이런 시련을 주시냐면서 원망할 따름이었어요. 하지만, 종교의 힘은 생각보다 대단하더라구요. 마음속에 반항심을 품고서 다녔던 교회였지만 매주 누군가의 설교를 들으면서, 그리고 예배당 중앙에 걸려 있는 십자가를 마주하게 되면서 저의 마음은 알게 모르게 조금씩 녹아들기 시작했던 것 같아요. 신의 손길이 저의 얼어붙은 마음을 녹여준 것이었을까요? 잘 모르겠어요. 하지만 분명 저는 조금씩 변해가고 있었죠."

희진은 자신의 이야기를 하면서 다시 고개를 돌려 창밖을 바라보았다. 열심히 이야기를 하던 회색코트의 커플은 더 이상 그곳에 있지 않았다.

"시간은 의외로 잘 흘러갑니다. 힘든 학창시절이 벌써 훌쩍 지나가버렸네요. 제가 올바른 길을 걸을 수 있었던 건 교회에서 만났던 좋은 친구들 덕분이었어요. 그들과 함께 했던 그때를 생각하면 지금도 저는 영혼부터 따뜻해지는 그런 느낌을 받고는 합니다. 멋진 일이죠."

희진이 여기까지 이야기했을 때 청중들 속에서 누군가 질문을 던졌다.

"그럼 작가님께서는 그때의 경험을 바탕으로 이번 소설 '에버그린 해피니스'를 집필하신 건가요?"

질문을 들은 희진은 다시 창밖을 잠시 보았다가 이내 고개를 돌려 대답했다.

"네. 맞아요."

또 다른 질문이 들려왔다.

"이번에 출간 하신 책을 잠깐 훑어보았습니다. 주인공의 이름이 희경이던데, 그렇다면 희경이라는 소설 속 인물은 채 작가님의 아바타쯤 될까요?"

"호호호. 아바타라. 그렇죠. 소설 속 인물의 이름인 양희경. 그녀는 저의 아바타쯤 된다고 봐야겠죠."

희진은 잠시 생각에 잠기더니,

"여러분, 혹시 '나탈리 포트만'과 '주 드로'가 나왔던 영화 '클로저(closer)'를 보셨나요?"

이렇게 말하고서 청중들을 둘러보았다.

"그 영화에서 주 드로와 나탈리 포트만은 서로 사랑하는 사이로 나오죠. 아마 주 드로가 맡은 역할의 이름이 댄이었을 거예요. 그리고 나탈리 포트만이 맡았던 역할은 앨리스. 둘은 우연히 만난 뒤 서로 사랑에 빠지게 되죠. 운명적으로. 하지만 이런 저런 우여곡절 끝에 결국 이별을 하게 됩니다. 뭐, 그렇게 되기까지는 많은 사연과 스토리가 있죠.

어쨌거나 그런 부분들은 각설하고 마지막 부분만 얘기해보자면, 앨리스는 결국 댄을 떠나게 되는데 댄은 그 이후 우연히 엘리스의 이름이 본명이 아니었다는 사실을 알게 됩니다. 그토록 오랫동안 사랑했던 사이인데, 알고 봤더니 댄은 그녀의 이름조차 모른 채 지냈던 거지요."

희진은 다시 한 번 자신의 안경을 만지작거렸다. 그리고 청중들을 둘러보며 입을 열었다.

"클로즈(close). 잘 아시다시피 동사로는 '닫다'라는 뜻이 있지만, 형용사로는 '가까운'이라는 뜻이 있어요. 그렇다면 영화 클로저(closer)는 굉장히 이중적 의미의 제목이 됩니다. 물론 표면적인 뜻은 말 그대로 '가까운 사람'이라는 뜻이겠지요. 하지만 다른 관점에서 보자면 이 단어는 오히려 '닫힌 사람'이라는 뜻이 됩니다.

댄에게 있어서 클로저였던 앨리스는 과연 가까운 사람이었을까요, 닫힌 사람이었을까요? 아니, 앨리스에게 있어 댄은 가까운 사람이었을까요 닫힌 사람이었을까요?"

희진의 물음에 그곳은 오히려 더욱 고요해져만 갔다.

"자신의 본명인 '제인'이라는 이름을 밝히지 않은 채 댄에게 '앨리스'라고만 이야기한 그녀가 닫힌 관계를 만든 장본인처럼 보이지만, 영화를 보면 앨리스와 연인사이로 지내는 동안에도 다른 여성에게 눈을 돌리는 건 오히려 댄이지요.

결국 이름이라는 것도 어떤 것의 본질은 아니에요. 앨리스라고 불리든 제인이라고 불리든 그 대상의 본질은 존재하는 모습 그 자체인 거지, 앨리스냐 제인이냐는 중요하지 않죠. 오히려 본명을 이야기한 댄이야말로 앨리스 앞에서 달콤한 말을 속삭이다가 다른 곳에 가면 다른 여성을 끊임없이 유혹하잖아요? 하지만 앨리스는 댄을 향한 변함없는 사랑을 보여주죠. 그렇다면 과연 본질에 충실한 건 어느 쪽이 되냐는 거죠."

희진은 이야기를 잠시 멈추었다. 째깍째깍. 벽 한쪽에 걸려있는 시계소리만이 사람들의 귓속을 파고들 뿐이었다. 희진은 다시 천천히 이야기를 시작했다.

"그러나 역시 다른 한편으로는 이름이라는 건 매우 중요하기도 하죠. 댄이 자신을 떠나간 그녀가 실은 앨리스가 아닌 다른 이름의 소유자라는 걸 뒤늦게 알았을 때, 즉 그녀의 이름조차 몰랐다는 걸 비로소 깨달았을 때 그는 매우 당황스러워 하거든요. 확실히 이름은 대부분 그것이 가리키는 본질과 상당히 맞닿아 있기도 한 거죠. 이건 마치 'closer'라는 단어가 매우 이중적인 속성을 지니고 있는 것과 유사한 거죠. '가까운 사람'과 '닫힌 사람.' 이것이 하나의 단어이듯, 이름은 때로는 아무것도 아니지만 때로는 무엇보다 중요한 그런 것."

희진을 바라보는 청중들은 점점 더 그녀의 이야기에 빠져들고 있었다. 그녀의 한마디 한마디가 커피숍 공간을 가득 채우고 있었다.

"저의 지나온 삶도 제게는 그런 의미입니다. 실은 별로 이야기하고 싶지 않은 외롭고도 쓸쓸한 시간들이었어요. 사람들의 수많은 선입견 속에서 혼자 살아가야 하는 저로서는 사람들 앞에서는 애써 밝은 척 해야 했고, 매일 밤

작은 방에 홀로 남았을 때에는 서럽고 쓸쓸한 감정 속에 눈물로 밤을 지새야 했습니다.

잔인하게도 제가 아무리 울고 울어도 다음날 아침이면 어김없이 해는 떠오르더군요. 이는 마치 저의 슬픈 따윈 그 누구도 관심을 가져 주지 않는다는 사실을 가르쳐 주는 것 같았어요. 아침의 찬란한 햇살은 저를 향한 세상의 무관심을 가장 먼저 알려주는 선구자였습니다."

청중 속에서 누군가가 성급한 목소리로 물었다.

"작가님의 이름은 본명인가요?"

희진은 빙그레 웃으며 마이크에 다시 한 번 입을 가져갔다.

"저는 '채희진'이라는 이름으로 세상에 알려졌습니다. 제가 견뎌야 했던 고난의 시간이 이 세상에 채희진이라는 사람이 존재하도록 만들어 준 것이라는 걸 지금은 선명히 알 수 있어요. 그동안 제가 펜을 들고서 토해낸 저의 글은 모두 제 영혼의 상처가 잉태한 것들입니다."

희진은 피식 웃으며,

"그래서 예술은 잔인한 거라고 하는 걸까요? 위대한 예술 작품은 대개 창작자가 가장 고통스러운 순간을 견뎌낸 직후에 만들어지는 경우가 많거든요. 물론 '이제 되돌아보니 그런 고통의 순간도 아름다운 추억이었어요.'라는 그런 말을 하려는 건 아니에요. 전혀 아름답다고 생각하지도 않구요. 단지 하루하루가 깊은 밤처럼 너무 어둡다보니 가끔씩 짧게나마 있었던 따뜻한 순간이 더욱 소중하고 반짝이는 기억으로 남게 되었을 뿐이죠."

"그래도 작가님. 지금은 그때와 달리 행복하시죠? 작가님의 작품은 늘 생기발랄해서 좋아했던 건데, 아픈 과거가 있는 분이라는 걸 알고서 좀 놀랐거든요."

"아마도… 행복한 것 같아요. 저를 사랑해주시는 분들과 함께 제 작품에 대해 이야기를 하는 것. 예전 같으면 상상도 못할 일이죠. 행복한 거 같아요. 아마도…."

박수소리가 들려왔으나 희진은 하던 말을 계속했다.

"여러분. 저는 실은 때때로 하늘에서 내리는 비가 보랏빛깔처럼 보일 때가 있어요. 물론, 당연히 보라색은 아니죠. 하지만 그렇게 느껴질 때가 있다는 겁니다. 처음에는 이렇게 생각했어요. '아마도 내 마음이 슬프다보니 그렇게 보이나보다.'라고 말이죠.

하지만 지금 생각은 달라요. 물론 괜스런 우울함이 멀쩡하게 내리는 비를 보랏빛깔로 보이게 만들 수는 있겠죠. 하지만 이것은 단순히 우울한 내 마음을 표출하기만 하는 것이 아니라, 오히려 그동안 저를 괴롭혀온 어떤 우울한 감정이 씻겨나가면서 마지막으로 그 우울함이 극대화되어 보랏빛깔 비가 저의 눈에 나타났다가 그 감정을 데리고 사라지는 과정이라고 지금은 생각하고 있어요. 왜냐면, 그런 비가 그치고 나면 저는 더 이상 그 일로 마음 아파하지 않거든요. 즉, 제게 있어 퍼플 레인(purple rain)은 슬픔의 끝을 알리는 희망의 메시지인 거죠.

저는 이번에 쓴 작품 '에버그린 해피니스'를 통하여 제 영혼에 매달려있던 또 하나의 기억의 짐을 내려놓으려 합니다. 저는 이를 통해 제 마음속 슬펐던 기억 하나를 내려놓게 될 것이고, 그 빈 공간에는 이제 행복한 다른 어떤 기억이 채워질 것이라 기대하고 있어요. 저는 분명히 느끼고 있어요. 이번 저의 작품 '에버그린 해피니스'가 세상에 나와 사람들에게 읽히고 회자되는 동안, 저는 다시 한 번 퍼플레인을 보게 될 것을 말이죠.

그리고 그것은 제 마음을 치유하고 새로운 희망이 싹트는 그런 순간이 될 것입니다. 실은 오늘도 보랏빛깔 비가 세상에 내리지 않을까 기대하고 있어요. 바로 저, 양희경이 말이죠."

희진은 자신을 바라보는 사람들을 둘러보며 다시 한 번 크게 외쳤다.

"소설 속 주인공의 이름 양희경이 바로 저의 본명입니다. 많은 사람들에게 채희진으로 알려졌을 때, 언젠가는 저의 본명을 밝히기로 마음먹고 있었어요. 이번 소설 속 주인공의 이름인 양희경이 바로 저의 본명입니다.”

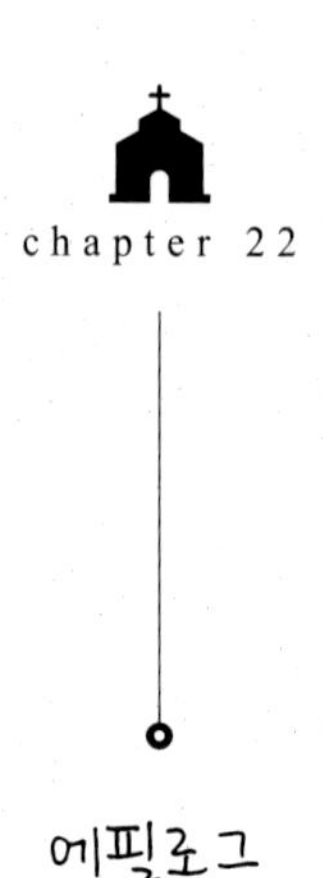

chapter 22

에필로그

"선배! 한 바퀴만 더 돌자. 술도 깰 겸 말야."

서영이 나의 왼쪽 팔을 당기며 말했다. 나로서도 그런 제안이 나쁘지는 않았다. 초겨울이라 약간 춥기는 했지만 그렇다고 걷지 못할 정도는 아니었고, 게다가 쌀쌀한 바람은 확실히 술을 깨는 좋은 약이 되기도 하지 않은가. 거기에 홍대 앞은 지나다니는 사람들을 구경하는 재미도 꽤나 쏠쏠하다.

"선배, 있잖아~ 그 희경 언니 말야~."

서영의 말에 나도 모르게 '피식'하고 웃음이 나왔다.

"서영아, 너 오늘 하루 종일 희경 누나 얘기만 하네. 완전히 푹 빠졌구나, 너."

"헤헤. 그런가? 그런데 말야, 그 언니 지금 행복해졌을까?"

서영의 질문에 나는 순간 말문이 탁 막히는 느낌이었다.

'과연, 지금은 어떨까?'

갑자기 사라져버린 누나가 현재 어떠한 모습으로 어떻게 살아가고 있을지는 도무지 알 길이 없었다.

"그래! 결심했어!"

서영의 목소리가 내 귀를 울렸다.

"선배!"

"왜?"

"내일이 토요일이잖아?"

"그래서?"

"내일 말야…."

여기까지 말하던 서영이 잠깐 뜸을 들이는 듯하더니 이내 말을 이었다.

"점심 때 다시 만나자. 그래서 거기를 가보는 거야, '늘 푸른 집'이랑 '보헤미안 커피집' 말야."

서영의 뜻밖의 말에 순간 아무 대답도 하지 못했다.

"참! 그리고 선배가 다녔던 그 교회도 한번 구경해보고 싶어. 그 희경 언니와 함께 다녔다는 거기 말야."

"글쎄…."

너무도 뜻밖의 제안에 바로 확답을 하지는 못했지만 괜찮은 생각처럼 들렸다. 아니, 오히려 그동안 나는 왜 한번도 '늘 푸른 집'이나 '보헤미안'을 다시 한 번 가보려 하지 않았던 건지?

"그런데 왜 그런 생각을 하게 된 거야?"

서영에게 되물었다.

"몰라! 근데 무언가 그녀의 향기를 느껴볼 수 있을 것 같아. 그리고 그 향기가 분명 내게 또 다른 어떤 삶의 의미를 일깨워 줄 것 같다는 그런 막연한 느낌?"

"또 다른 삶의 의미?"

길을 걸으며 잠깐 생각에 잠기려는 찰라 머리 위로 무언가 떨어지는 느낌이 들었다.

"비!"

서영이 나직이 속삭였다. 이내 그 비는 점점 더 후드득 소리를 내며 홍대 앞 밤거리를 적시기 시작했다. 서영과 나는 일단 비를 피할 곳을 찾아 가까운 건물로 뛰어 들어갔다.

"왜 이렇게 갑자기 많이 내리지?"

나는 서영을 보며 이야기했다. 하지만 서영은 나의 말에는 대답하지 않은 채 우리가 서 있는 통로 쪽 유리벽너머의 모습을 바라보고 있었다. 뿔테 안경을 쓴 한 여인이 가운데 앉아 있었고 청중들은 모두 그녀를 바라보며 그녀의 이야기를 듣는 것 같았다.

나는 한 번 더 서영을 향해 말을 걸었다.

"뭐, 유명한 사람인가?"

서영은 이내 나를 돌아보며 말했다.

"선배! 채희진 몰라?"

"채희진?"

"작가잖아. 요즘 꽤나 핫(hot)한 여류작가! 실은 나도 아직 이 작가의 작품을 읽어보지는 못했는데 최근 독서광들에게는 상당히 센세이션을 일으키고 있다고 들었어."

평소 그다지 책을 즐기지 않는 나이기에 작가에 대해서는 문외한일 뿐이었다. 서영은 어느새 유리문을 열고서 북콘서트가 진행되고 있는 곳으로 들어가고 있었다.

나는 성급히 그녀를 뒤따랐다.

"야, 같이 가!!"

유리문을 열고서 안으로 들어가는 그 순간, 나는 무언가에 이끌려 빨려 들어가는 듯한 착각을 느꼈다. 마치 자석의 N극과 S극의 만남처럼. 점점 더 거세어지는 창밖의 빗소리는 악보 없이 연주되는 한밤의 재즈 음악 같았고, 그 선율은 마치 보랏빛깔로 채색된 어느 화가의 그림처럼 느껴졌다.

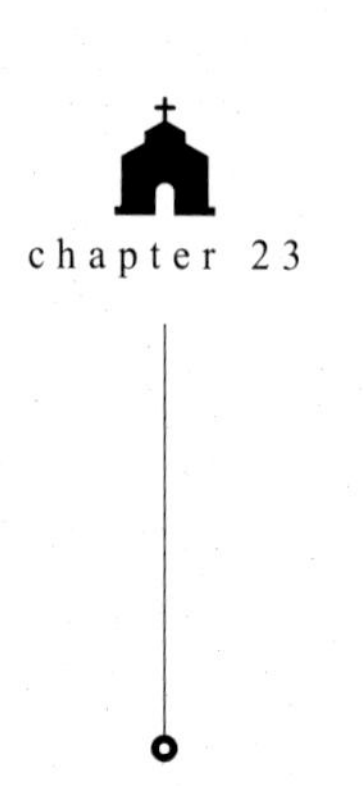

chapter 23

그녀의 결심

희경은 오늘도 홉킨스 기숙사의 작은 방 침대에 홀로 누워 눈물로 밤을 지새우고 있었다. 그나마 자신에게 위로가 되어 주었던 교회라는 곳에서조차 수많은 사람들이 색안경을 끼고서 자신을 바라보고 있었다는 사실을 마주했을 때, 그녀는 다시 한 번 좌절 속에 빠져들지 않을 수 없었다.

주일학교 교사로는 적합하지 못하다는 그런 이야기.

이로 인해 야기된 교회 내 사람들의 심상치 않은 불화.

이 모든 것들이 자기 때문에 벌어진 일 같았고 자신만 사라진다면 모든 게 깨끗이 해결될 것만 같았다.

그런 생각이 강해질수록 스스로의 존재에 대한 의문도 깊어져만 갔다. 사라지는 것이 오히려 더 나은 그런 존재라면 애초에 왜 세상에 나오게 되었는가? 모든 생명은 아주 먼 옛날부터 절대자의 계획 아래 귀하게 창조되었다고 했는데 그런 존재가 왜 이런 저주의 씨앗이 되어 세상의 길바닥에 나뒹굴게 되었는가?

혼란과 슬픔이 그녀를 뒤덮고 있었다.

"엄마! 더 이상 아닌 척 하기도 힘들어. 엄마! 모든 게 무섭기만 해서 살아있을 자신도, 죽을 자신도 없어. 엄마! 도대체 어디에 있는 거야? 엄마!"

조그만 소리로 혼잣말을 속삭이며 그녀는 침대에 엎드린 채 얼굴을 베개에 파묻고 있었다. 하염없이 눈물이 흘러내렸다.

'희경아! 희경아!'

'어, 엄마?!'

'그래, 엄마야. 어서 이리로 오렴.'

선명하지는 않았다. 희미하게나마 보이는 누군가가 자신을 바라보며 은은하게 미소 짓고 있다는 것만 느껴질 뿐이었다. 희경은 얼른 그 여인의 품으로 달려가 그녀를 와락 끌어안았다.

'엄마, 이제 어디 가지 마. 이제 엄마랑 같이 살 거야!'

희경은 그녀를 향해 애원하듯 이야기했다.

'희경아, 아직은 아니란다.'

'싫어!'

희경은 소리 높여 버럭 외쳤다. 희경을 안고 있는 여인은 여전히 미소를 머금은 채 흥분한 희경을 달래듯 말했다.

'희경아, 우리는 결국 다시 만날 거야. 단지, 아직은 아닐 뿐이야. 희경이는 여기에 남아 열심히 살아야 해. 분명 좋은 일들이 생길 거야.'

희경은 하염없이 눈물을 쏟았다.

'엄마, 나 힘들어. 어떻게, 어떻게 살아야 해? 지금까지도 너무, 너무 힘들었는데. 엄마.'

'희경아, 엄마가 늘 함께 할 테니 걱정하지 말고.'

이렇게 한마디를 남긴 채 그 여인은 스르륵 희경의 팔에서 미끄러지듯 빠져나와 먼 곳 어딘가로 떠나는 듯했다.

'엄마, 가지 마! 엄마!'

희경은 눈을 떴다. 아직 컴컴한 새벽이었다. 홉킨스 기숙사의 작은 방 침대 위. 꿈속에서 잠깐 나왔다가 이내 떠나버린 엄마를 생각하니 오히려 야속하게만 느껴졌다.

'나도 데려가지…'

그녀는 속으로 생각하며 다시 눈을 질끈 감았다.

'그래! 다시 시작하는 거야. 내가 태어났던 바로 그곳에서

새롭게 시작하는 거야. 엄마가 늘 함께 한다고 했잖아. 분명 무언가 길이 열리겠지. 다시 시작하자!'

희경은 그렇게 혼자만의 굳은 결심을 하였다. 짙어지기만 했던 새벽의 어둠은 어느새 그 정점을 지나 시나브로 조금씩 옅어지는 중이었다.